CONSTELLATION
SWEETHEARTS

城市里的恋情每天都在发生，
可是好运气的人却不会太多。

星座
爱人

那多 / 著

上海文艺
出版社

目录

当摩羯遇见处女　001

白羊座的双层世界　129

当 魔羯 /遇见/ 处女

02　星座爱人

天上的星星好漂亮啊，可是却好远好远。
城市里的人和人之间，也是这样，漂亮却遥远。

1

在这个城市里，有许多摩羯座。他们有着自己的生活，各不相同。

在这个城市里，有许多处女座。他们有着自己的生活，当然也各不相同。

自然，也有许许多多的天秤座、白羊座、狮子座、双鱼座……他们或许很可爱，或许很无趣。这都与我们无关，这次我想说的，是一个摩羯座的男人，和一个处女座的女人。

04　星座爱人

高或是矮，生下来就已经注定。
这个世界，还真是不公平。

2

这个摩羯座和其他所有的摩羯座一样，沉默、踏实、甚至有那么一点点的野心，一点点的抱负。但他是比较不幸的一个。他很努力读书，但是效果不太显著，他很努力地去考大学，但是只差一点点。他觉得计算机很热门，就去读这个专科，可是最后发现，原来自己一看见一行行代码就要头痛。

总之，他有点平庸、有点笨。所以，当本科生都找不到满意工作的时候，他只能去当保险推销员。他已经26岁了。

这个处女座和其他所有的处女座一样，敏感、爱干净、甚至有一点点的神经质。她一直很幸运，学生时代，她聪明而美丽，现在，她智慧而女人。她并没有多么地想往上爬，可是，她已经是一个副教授，面对一群最优秀的硕士生，讲讲先锋小说，顺便还会带到哲学。她已经很著名了，至少在圈子里是这样，而她，只有27岁。或许，她很快就会给年纪比她大的博士生授课了。

两个人就要相遇了。但现在，他们还活在不同的世界里。

在给那些学生们上课的时候，处女座有时会觉得，自己已经老了。虽然办公室里常常会有一大束的玫瑰花。11枝，99枝，或是101枝。

3

这个城市很大,也很好。这是一个有前途的地方,可是摩羯座的前途在哪里,他真的不太确定。

走在街上的时候,他看见 STARBUCKS,有时会想进去坐一下;看见蓝豹的春季新装打折广告,会想在里面逛一圈;傍晚肚子饿的时候,除了 5 块钱的盒饭,也会想尝尝肯德基、必胜客和法式大餐;当他搞清楚 BOSS 到底是怎么一回事时,路过 BOSS 的精品店,眼睛也会斜过去看一下。每当这样的时刻,摩羯座都会觉得:钱好少啊。

"我真的会比那些精英差吗?"摩羯座有时在心里这样问。疑问之后,他总是肯定自己,一定会有卓越之处的,只是现在还没有闪光而已。但这样想的时候,摩羯座又隐隐感觉不太踏实。摩羯座很不喜欢这种不踏实的感觉,他希望能把握住什么,于是,他决心好好做这份新工作。

"你好,我是保险代理人。"摩羯座对着镜子练习了两次就放弃了。他发现对着自己展示微笑实在是一件很愚蠢的事。

"对着空气练习是没用的,还是让我从实战开始吧。"摩羯座告诉自己,然后去睡觉。睡眠对摩羯座有着神奇的功效,他可以忘记所有的麻烦事,第二天就是一个新的开始了。

真有前途……处女座常常听到别人这样说自己。可是她却不确定。书看得多了，有时候就会像处女座这样，没事的时候问自己，我想要的，真的就只是这些吗？

4

第二天，摩羯座敲开了 32 扇门；

第三天，摩羯座敲开了 41 扇门；

第四天，摩羯座敲开了 39 扇门。

他很努力地去做，"你好"也说得越来越熟练，脸上的笑容越来越灿烂。摩羯座平时不太爱说话，可是现在他可以站在门口滔滔不绝说上十分钟。如果有幸被请进门，还能说更久。

"一个不错的新人。"大家都这样说。

但其实，在新人之中，他的业绩算不上拔尖。大家都在努力，摩羯座只是中等偏上而已。

他再一次的平庸——在保险这个行业。

可是摩羯座已经决定在这个行业里奋斗了，当他下定决心的时候，就有无穷的动力从身体里滋生出来，支撑他每天去敲更多的门。那一点点的野心和抱负使摩羯座的眼睛始终望向更高的位置。

"至少要买得起一两件 BOSS 吧。"摩羯座对自己说。

三个月过去了，摩羯座依然不是最顶尖的，但他已经几乎是最努力的了。

　　摩羯座是个喜欢做梦的人,每天晚上都会做一个,有时是三个。无聊的时候,他就在睡前期待着,今天的梦里,会是什么样的故事呢?摩羯座把所有的想象力都用到梦里去了,所以白天他只想着工作和前途。

5

冬天已经完全过去了,摩羯座走在一片住宅区的花园中,阳春三月的阳光里,到处是植物的清香。

摩羯座却不太有欣赏的心情,虽然他偶尔也会这么做,想到别人在工作的时候,自己可以自由地走在大街上,阳光舒适地落在肩头,心情会在一瞬间变得很不错。不过他毕竟不是一个善感的人,大多数时候脑子里想的只是工作和业绩。

转过几株夹竹桃,摩羯座走进一幢多层住宅楼。趁着天黑前的几个小时,他想逛一逛这片看上去不错的小区,说不定会有些收获。

这幢楼是一梯两户的格局,该是近两年新造的房子,住得起这样房子的人,大都买得起保险。摩羯座抱着这样良好的愿望,却直到三楼,才听见有人应门。

"有钱又有闲的人真是少啊。"摩羯座在心里叹息。

那是一个清脆的女声,只是问一声"谁啊"也颇悦耳动听。摩羯座没有回答,许多人听说是保险代理,连门都不会开,他自信只要门一开,以自己的形象,还是可以说一会儿话的。

拥有这样声音的女子,会是怎样的容貌呢?摩羯座平时工作最愉快的事,就是和美女纠缠,他是个再正常不过的男人,而且自认是很好色的。

门开了。

很小的时候,有一个外地的婶婶来串门,看到摩羯座时就说,这个孩子不得了,将来一定出息。摩羯座把这句话一直记到现在。后来有一次,摩羯座和妈妈一起去一个听说很灵的庙里求签,抽到了上上签,说他以后要鲲鹏展翅的。摩羯座也记住了。不过他又求过几次中下签,好像还有一次下下签,记不太清了。

6

刚刚说到第五句话的时候，摩羯座就已经知道无望了。

那个女子，脸上挂着礼貌的笑容，显然接受过良好的教育，但眉眼间的轻微动作，已经昭示了她的心意。摩羯座原本是不会去注意这些小节的，但有了这份工作之后，也不知吃了多少闭门羹，所以对于客户的种种反应，也开始努力留心起来。

果然，摩羯座刚说完第七句话，把自己的公司优势及最佳险种搭配，以及像她这样的妙龄女子是如何需要保一份险说清，正想要探一探面前美女的口风，再组合出一份最适合她的保险。女子却趁着他顿了顿的当口，细声说道："对不起，我想我不需要。"

那声调温婉而坚决，摩羯座还不死心，说："小姐，您现在年轻不觉得，保一份险，年纪大了受用无穷啊。"

女子忽地把脸上的笑容敛了，声音还是轻轻柔柔，说出来的话却让摩羯座胸口一堵："我记得我们这个小区是不允许推销员进入的，你还是快走吧。"

摩羯座狠狠地盯了关上的房门几秒钟，那神情和语气中流露出的高姿态，和那一声"推销员"，把他为了这个工作不知丢到哪里去的自尊心再次激怒。摩羯座深深地吸了口气，决定不再向上走，换一幢楼试试运气。

　　到保险公司去应聘的时候，摩羯座准备了好长时间。他觉得自己可以回答任何问题，并且应该会引起注意。可是那个主考的人看完简历，又看了他一会儿，说"好好干吧"就结束了。摩羯座觉得很无趣。后来进了公司，听说名额还没有招满。

7

走下楼梯的时候，摩羯座的气已经消了一半。他是个不容易生气并且通常气消得很快的人，他有些懊恼自己的牛脾气，为什么不再向上几层看看呢，说不定就漏掉一位潜在客户呢，而且，跑上跑下可是累得很的。

但已经在往下走了，回头再上去这种事情，摩羯座可做不出来。

下到二楼楼梯转角的时候，摩羯座看到了正往上走来的处女座。随后两个人擦身而过。对方衣角带起的一丝微微馨香，使摩羯座迈下楼梯的同时，抬头再看了一眼这个似乎风姿绰约的纤长女子。

"是个美女啊，和刚才那个比一比，这个更让人心动呢。"摩羯座这样想着的时候，已经从楼里走出来，走进很快就会不见的阳光里，他看着旁边的那幢楼，耳中却依然可以听见处女座高跟鞋的尖尖鞋跟在水泥阶梯上踩出"叮叮"的清脆声响，就像一把金属小匙敲打着夏日盛冰淇淋的玻璃器皿，在空空的楼道里越荡越远。

昨天,处女座把一束枯萎的玫瑰花扔进了垃圾筒。而送花的人在花枯萎前,就已经失望地结束了他对处女座的追求。在扔花的时候,处女座忽然想起,自己已经28岁了。

8

处女座换了一双软拖鞋，走过去打开冰箱门，看着里面的剩菜。

一个人住，吃饭总是个问题。星期天帮佣烧的这些菜，放了两天，颜色形状看上去，已经很不可爱了。处女座心里斗争着，是去淘一些米用电饭锅烧饭吃剩菜呢，还是叫外卖。另一个更有吸引力的选择，是索性再过一会儿到外面去，找一家顺眼的饭店走进去，舒舒服服犒赏自己一番。

处女座关上冰箱，把浅色的韩国羊毛外套脱下来，挂到衣架上，再随手拿了件外套披上去。韩国的衣服真的很好看，但就是小，又小又紧，裹得曲线毕露，但到了家里，就很不舒服了。

处女座坐在沙发上，随手打开电视，换了几个台，又拿起手边的一本书翻开。是卡尔维诺的《命运交叉的城堡》。卡尔维诺奇怪的语句一页一页跳进眼里，处女座心里却还想着晚饭的事。真想出去吃一顿，可是算一算，这个月好像已经犒赏过自己很多次了，虽说收入不算低，但这样子用法，倒也很让人头疼呢。

门铃响了。

"谁啊。"处女座问了一声。没有人回答。

摩羯座站在阳光里回想着刚才的女子。他常常会站着不动想事情，因为他一般一次只能做一件事。比如，在坐车的时候想事情，多半就要坐过站了。这一次，摩羯座呆呆地站了几分钟。

9

摩羯座把黑色的西装脱下来,挂在臂弯里。里面的毛衣是米色的。他不太希望对方把自己认出来,刚才匆匆的一个照面,换了衣服的色系,可能就想不起来了。

对于摩羯座而言,他可不太愿意承认,重新跑上楼来,是因为莫名其妙的"想见某人"的感觉。只不过刚才在阳光里发了一会儿呆,觉得不能漏掉一个潜在的客户,以免自己后悔。另外,刚才那个女子,看上去,至少是买得起保险而且会买的那一种。所以,如果能和她聊聊的话,可能会有收获。

只是这样跑下去又跑上来,总是有些别扭,摩羯座心里担心,一个美丽女子看见明明已经下楼的陌生男人又跑上来敲自己的门,别有什么误会的猜测吧。所以,反正跑上跑下的自己也出汗了,就把西装脱了吧。

从四楼开始,摩羯座又开始敲门,402 有个男人开了门,摩羯座草草说了几句,看对方面色不善,又瞄了几眼门后,就不再恋战。501,当里面传来那一声女子的问话时,摩羯座的心跳忽然加快了一点点。就只有一点点,对美女的期待,这是男人所共有的。

"是她吧,应该是她。"摩羯座在心里盘算的时候,从"依呀"打开的门里,看见了处女座的脸。

处女座拿着摩羯座的名片,随后放在桌上。半夜里,风把名片吹到了地上。第二天,处女座扫地的时候,一起把名片扫进了畚箕。后来,这张小纸片就和垃圾袋里的玫瑰花一起,从处女座的家里永远消失了。

10

"呃，那个，你好，我是……"摩羯座的舌头有些打转，好像回到刚刚开始做保险代理那会儿，脸也微微有些发红。

面前的女子容颜清婉，刚回到家里，带着些慵懒的神情，与三楼的那位相比，要可亲许多了。那股成熟女性的风韵，几乎要让向来有色心无色胆的摩羯座将眼神移向他处。

处女座打量着站在自己门口的这个男人，在他开口之前，就已经略略猜出了他的职业。只是为什么感觉有些眼熟。眼神转到他臂弯里的西装，立时就想了起来，明眸中不由带上了一丝笑意。

虽然有些有趣，但处女座依然不愿意自己的私人空间受到太多打扰，在耐心地听了摩羯座一长段的说辞，在他说得越来越流利，眼睛也越来越亮的时候，忽然说了声谢谢。

"谢谢你啊，可是，接下来我还有些事情，改天您再和我说吧。"

摩羯座忙摸出名片递过去，问："不知道您什么时候会比较有空？"

"这个，我也说不清楚，有空我就打你电话吧，就是名片上印的吧。"

"是的，我再抄一个手机给你。"摩羯座摸出笔，拿回名片，把自己的手机号抄上去。

"谢谢了。"门轻轻关上。

走到楼下，摩羯座才想起，刚才的小姐，连姓什么都没问呢。

晚上睡觉以前，摩羯座有一点点想梦到处女座。他觉得很不好意思，所以，只希望在梦里，可以做成这一单生意。第二天醒过来的时候，他有点失望。

11

摩羯座一直没有接到处女座的电话。也许对其他人而言，很快就会想通，处女座只是客套地说了一声，并没有什么实质上的诚意，可是摩羯座却想不通。

在接下来的许多天里，摩羯座开始与他的同事们谈论他们所遇见的各种各样的客户。在此之前，摩羯座可不是一个拥有这样正常交际习惯的人，事实上，他对于怎样才能和别人良好而正常地沟通，怎样让自己的人际网更富有活力一筹莫展。常常他只是碰到了打一声招呼，在别人言谈甚欢的时候，一起附和着，或者愉快地笑几声。

也许摩羯座已经有了许多在工作中与人打交道的办法，但是在自己的生活里，他依然远不是一个活跃而有趣的人。不过现在，他找到了一个不错的方式，这是一个与人打交道的行业，彼此谈论客户，不仅是一件可以生出许多笑料的事，对于工作也有一定的助益。

摩羯座几乎把每一个他有记忆的客户和准客户都描述了一遍，他组织着语句，终于说到了处女座。

"哦，是个美女啊，不错，要好好把握啊，追上去把她搞定吧。"几个男人发出男人式的大笑，拍着摩羯座的肩膀，然后各自忙各自的事去了。

摩羯座决定，再去一次那个叫作"天籁苑"的小区，和处女座好好聊一聊保险的事。

经过一家韩国小物件的商铺,处女座看到她很喜欢的,一个名叫裴勇俊的韩星的海报。她没有买,因为她已经过了小女生的年纪了。可是处女座现在在家里想了想,决定明天去把海报买回来,毕竟迷人的男人已经越来越少了,就算是戏里也一样。

12

当处女座的门再一次被摩羯座敲开的时候,她花了好一段时间,才想起这个男人是谁。

"难道说,上一次我的意思表达得不够明白?"处女座心里这样想着。在这方面,她并不能算是一个有好耐心的女人,或许她看的各种古典、现代、后现代的小说使她说起话来变得有些婉转,但这样的婉转是一次性的,用过之后,就不会再有了。

"对不起,我不需要保险,也不想有人来打扰我的生活,可以的话,我关门了。"处女座做了一件在她看来是理所应当的事,当她开始用DVD放韩剧的时候,已经完全把这件事忘记了。

对于自己的生活方式,处女座一直很满意。由于不用像其他教授那样吃力地备课,在家的时候,可以安心做自己想做的事。最近她发现自己完全被韩国男人的魅力打败了,那个裴勇俊,天哪,为什么在身边没有像这样的男人,否则自己岂不是可以乖乖举手投诚,享受幸福的爱情生活。可是,他会不要我吧。处女座胡思乱想。

现实中这个孤傲的美丽才女有些稍稍的春意盎然,门外的摩羯座却低着头慢慢走下楼。

晚上做梦的时候,摩羯座看见处女座对他很温柔地笑,他们一起吃饭,处女座签了厚厚一打保单。早上睁开眼睛的时候,他已经快把这个梦忘记了。

13

摩羯座已经在心里把自己来回骂了好几遍,但还是无助于挽回他那低落的情绪。

"见鬼,只不过又吃一次闭门羹而已,为什么有一种很郁闷的感觉?"

"满怀希望地跑过去,却被一记闷棍敲回来,这样子的打击,看来我的脸皮还要练得更厚一些才行。"

"可是,为什么同一个人,两次的态度如此不同,是她今天吃错了药,还是那天她的心情太好?"

摩羯座又敲开了好几扇门,结果他说出来的东西连自己都提不起一丝兴致,对方的反应可想而知。

"看来今天是毁了。"摩羯座终于有了这样的觉悟。他决定回家去,晚上好好睡一觉,照以往的经验,一切在明天醒过来的时候,就会好起来的。

摩羯座睡觉的功夫,一向被人交口称赞,这一次自然也不例外,埋下头去,不一会儿就沉沉睡去,直到第二天的清晨。他发现,自己的心情好多了。

心情好多了是一回事,把处女座忘掉又是另一回事。摩羯座决心用睡眠去解决这件事,然后他精神抖擞的,以双倍于往日的劲头,开始了新一天的工作。

六岁的时候,处女座很喜欢在夏天的晚上,躺在院子里看星星。可是现在,处女座变得漂亮了,变得有名气了,所以她只能躺在床上,从窗帘的缝里看星星。

14

"一个人太过聪明的话,一定会付出些代价的吧。我现在这样,算不算是在付代价呢?"处女座躺在床上,透过没拉严实的布窗帘,看着外面闪着几颗星的天空。

处女座的睡眠一直不太好,从三年前,就开始陆续服用一些安眠药。虽然她很不想对这些白色小药片产生依赖,但往往抱着侥幸想要硬撑的时候,就会像现在这样,在晚上一点半看星星。

处女座轻轻吁了口气,她一点都不喜欢黑,在黑暗中长时间的清醒让她难受极了。终于她的手伸到床边小柜上,纤细的手指灵巧地从一板艾斯挫仑片上剥出一片,抿了一小口旁边白瓷杯里已经凉透的菊花茶,那团冰凉从喉间一路向下,许久方才融散。

快睡着的时候,处女座忽然感到一丝寂寞。自己一个人的日子有多久了呢,好像有三四年了,找不到可以靠一靠的地方。是自己的眼界太高了,还是追自己的那些男人太不努力了呢?

当处女座又一次想到裴勇俊的时候,她睡着了。

中午,摩羯座满头大汗地回到公司时,一个年轻的女同事问他"你是摩羯座的吧?""我不知道。"摩羯座回答。"你什么时候生日?""12月29日。""那就是了,真像。"摩羯座对星座一点都不感兴趣,他觉得那个女孩有点无聊。

15

"你是什么座的？"坐在旁边的女孩问她。

这是一部青春小说的座谈会，城市里最当红的文学名流都被请了来，处女座当然也在其中。问话的女孩是个记者，很无聊地坐在处女座的旁边。对她来说，被请了来，又受了人家的礼，总不便即走，所以尽管最后只能是一篇两百字的小报道，现在还是得坐一会儿。她第一次见到处女座，但已经久仰了，就以时下最流行的方式，对处女座打了个招呼。

这个圈子里，真正的美女是有别于一大群"气质美女"的稀有动物，自然会有各种各样版本的传闻流传开来。

"处女座。"

"啊，好像不太像呢。"

"哦？"

"处女座不该是奉行完美主义的人吗，如果是那样的话，你的学生一定不会有现在这么舒服的吧。"

"这……好像是两回事吧。"和刚见面的人扯到这个话题，让处女座稍稍觉得不太舒服。

"真是难打交道的人呢，怪不得还没找到老公。"女记者心里咕哝了一番，不再和处女座搭讪，专心听正在发言的中年评论家说些什么。

  两个瘦瘦的身影在夕阳里越来越长,淡淡的金红色,一切都很漂亮。女孩对摩羯座说了一句话:我们不合适。那之后,这两个身影再也没有被太阳照在一起的机会。

16

很少有人会相信，处女座的身边没有男人。容貌、气质、才学、地位都在水准之上的女子，自当为众多翩翩佳公子所环绕，处女座也不例外。

是三年前不例外。

初中的时候，甚至高中的时候，处女座并不漂亮，姿色中等，还偏下。女孩子是很奇怪的，小时候如果五官精致，大了多半要长坏。而一个十三四岁长相平凡的女孩，或许到了二十岁会是个大美女。

处女座进大学的时候，虽然已经有男学长在食堂门口等她，但还没被评入中文系的三朵金花，仅仅两年之后，五官之间的魅力就一点点展露出来，特别是锐利得令人难以置信的鼻子和狭长灵动的双眼，顾盼之间，让每一个初次见面的少年无法抑制突然加速的心跳。

然后她开始展露才华，得到同学、导师、圈内、最后是媒体的承认，她的小说发表在最权威的文学期刊上，她的散文集放在书店里畅销书的推荐位上，放在印着美女作家艺术照的书的旁边，并且很快少下去。

当处女座才女之名渐渐与她美女之名并驾齐驱的时候，任何时候在她的周围都有不少追求者。

摩羯座一直不知道,那一句"我们不合适"背后真正的含义是什么。两个人在一起的时候,所有人都说很配,他自己也这样认为。那之后的这么多年来,摩羯座决心不再把自己的感情随便投注到哪个女人身上,免得到头来镜花水月一场空,除非,除非他确定自己真的下了决定。

17

当好奇、躁动和其他一些情绪在处女座生命里慢慢退场时,她已经换了好几任男友。她的要求越来越高,并且每次总是她先不满意,然后分开。

许多人到了三十岁还是女孩,但处女座却早早告别了女孩时代。作为女人,她不想再玩什么不问结果的恋爱游戏。这样的决心之下,处女座的标准,立刻再拔高八度。

进入F大之后,由助教而讲师而副教授,向金字塔顶不断前进的同时,处女座周围的追求者,渐渐只剩下了精英。其他的人,已经自己将自己排除在外了。

所谓精英,在事业上,可以排除万难,可以坚毅隐忍,可是追求女人,就完全不同。内心深处,精英自尊、自傲、自负或者自卑,处女座冷冷的态度,让他们在稍稍敲打了一阵外壳之后,自动选择跑开。

处女座在观察,她等待着最好的一个。可是精英们认为,如果想在处女座的视野里多待一段时间,就要冒撞到头破血流的危险。那绝对是一件很没有面子的事情。在他们的世界里,并不是只有处女座一个值得追的女人。

于是,最近三年以来,尽管处女座的办公室里有时还是会送来大束的玫瑰花,但处女座从来不会被这样简单的手段打动,玫瑰花无一例外地枯萎,然后扔掉。

事情就是这样,奇怪,又简单。

"天知道,上次那个女记者竟然说我不算完美主义。"处女座想。

处女座穿过公园,她要参加的那个沙龙,就在公园另一端的街区。她注意到枫树的叶子已经略略地开始变颜色,湖上漂浮的树叶也多起来了。她匆匆地走出了大门,回到喧嚣的大街上,完全没有留意到,就在刚才那座湖对面的小亭子里,摩羯座正在为一个老人填写保单。

18

岁月匆匆过。

摩羯座继续努力地敲门。处女座继续悠闲地教书。

同在一个城市里,可是这个城市很大,当摩羯座刻意让自己远离天籁苑活动之后,两个人不再有机会见第三次面。

对处女座来说,摩羯座是一个陌路人。对摩羯座来说,他觉得他已经把处女座忘记了。

相见又如何,这两个人之间,哪里可能发生我们想看到的爱情故事。

虽然我们一直期待着,期待着。

秋天到了。

处女座刚刚成为老师的时候,男生们的注意力还集中在她的脸和她的长腿上。现在,她已经成功地把绝大多数学生的注意力转移到他们该在的地方。当然,沉迷于美色的人永远都存在。

19

处女座的暑期过得很愉快,可以每天安静地呆在家里看书,快要开学之前,还去东海的一个小岛上度了一个星期的假。

只可惜这样愉快的心情,在再次开始工作不久后,就荡然无存。

处女座完全没有想到自己居然会受到这样的挑战。

许多学生很喜欢处女座,并不仅仅因为她是位罕见的美女教授。

处女座的课,是不用教科书的,当然更没有什么教案,委婉动听的声音带出天马行空的内容,并且会随时停下来和学生在某个问题上深入下去。这种源自欧美的开放式授课,对于教授的学识有着极高的要求,处女座无疑有这样的实力,所以她选择这样授课。

这样子的授课,原本是在带研究生时才会采用,但一年之前,处女座把原先的教案扔开,开始为她所有的本科学生这样上课。如此一来,处女座可以把备课和她的日常阅读融合在一起,凭她惊人的记忆力,不再需要在上课前花太多的时间。

课堂之上只有对话,课毕没有作业,学生为这样轻松的课程叫好。处女座一直为她的这项变革而骄傲,当她在英国读书时,曾从中深深获益,她觉得只有这样,才能真正将一堂课变成一场精神上的盛宴。

可变革从来都会遇到阻力的。

摩羯座被保安请出了办公楼,他摸了摸鼻子。上午,一个家庭主妇刚听他说了一句话就把门关到了他鼻子上,现在还有些酸痛。可是今天他已经做成了五笔保单。如果是在三个月之前,他会觉得自己的运气真好。如今,摩羯座开始认为,这是实力。

20

让处女座没有料到的是,有相当一部分阻力,竟然来自学生。

的确有许多学生喜欢处女座的方式。但也有很多不,特别是在考试之后。

当人习惯一种方式之后,再换一种方式,对许多人而言,是困难的。

美女老师授课时随心所欲,声音固然很动听,辞锋时而锐利时而有趣,很是精彩,可是要跟上老师飞快跳跃的思维,并进行深度思考,就太困难了。在一批精英学生——处女座这样认为,对处女座的授课大呼过瘾的同时,更多的沿着传统模式一路走来的学子,却有着听天书的感觉。

不用做作业自然大家都欢喜,暑假前的大考,听起来也很轻松——一篇论文。

"想想我说过的,有自己立场,不得抄袭。"处女座在宣布考试方式时,这样说道。

处女座批阅完所有的论文,尽管有着诧异和愤怒,却依然坚定地遵循着自己的原则。这样的坚持,使F大中文系破天荒地,在一次大考中,一个班有三成的人不及格。

"不更改,对于抄袭者,给分已经不错了,及格是不可能的,他们在GOOGLE上找到了别人的东西,连像样的拼接都无法做到,甚至只用前几页的资料,没人翻到十页以后。"处女座在对系主任,一个五十三岁的中年男人表了态之后,开始了她的假期。

"老师好。"处女座走起来就像一阵风,转眼间就把三个问好的学生丢在了身后。她现在的目标,是系主任办公室。

21

从未想到会被这样严厉对待的学生们,刚挨了这记闷棍之后,还没法做出有效的反应,但暑假过后,大多数的不及格学生,向系里进行了申诉。

"如果说我们抄袭的话,那也是不得已的事。老师这样的教法,我们也知道很先进,可是她想怎么讲就怎么讲,平时听听已经很吃力了,没有书,笔记记不下来,又没有复习,不靠网络上的资料,怎么可能写得出论文。这样子就给我们不及格,其实原因出在她本身,毕竟不是所有人都是她想象中的精英分子。"

处女座上课的轻松自如,听课的学生济济一堂,让她的许多同事心里不太舒服。学生一共就这么点,这里的人多了,自然有地方人少。人气值低的老师,是不怎么有面子的,而由处女座引起的中文系其他教授人气普遍持续下降,一段时间以来,在背后,用一个夸张点的词语,可谓"积怨已深"。

当然,没有人会当面向这位美女发难,学校里和文化圈里,大家表面上都是和和气气的。和气归和气,学生一向处女座发难,其他人可是乐得作壁上观呢。

把批好的分数变回去,当然不可能,不到万不得已,学校是不会这样自打耳光的,但对这批学生的回应,则是新学期一开始,系里宣布暂停处女座对新教学方式的探索。

"被打回原形了吧。"几位同事在向处女座抱以同情遗憾的目光时,心里这样想着。

摩羯座走在校园里。"请问,中文系怎么走?"他问迎面走来的三个学生。就在刚才,这三个学生还在讨论,觉得教授今天的情绪,好像很不好的样子。

22

"我不能接受,请你告诉我理由。"处女座站在系主任的面前,语气中带着质询的意思,并且声音不太低。

五十三岁的黄主任这时候也有些微微的尴尬:"你知道,有学生提出来了,你的方式让他们学不到东西,这样下去,这个学期他们一样会不及格的。你这样授课,对学生的要求太高了,效果却不见得很好啊。"

尽管黄主任让自己的语气尽量温和,处女座却毫不领情,她觉得自己真的有些愤怒了。

"因为学生不及格就要教授改变授课方式,这算是什么逻辑,更何况那些学生会不及格是因为抄袭,如果真是自己写出来的话,再如何都会有及格的成绩。难道说,学生的作弊行为反倒可以拿来要挟教授了吗?"

"这样子就算是作弊吗,虽然这样说也没错,但……"主任心里这样想着,嘴上当然不能说出来,可面对着生气中的美女,又不好用领导的身份压制,说道理好像也很麻烦,只好一个皮球踢到了别人的身上。

"这是校领导的意思,我也没有办法啊。"主任一脸的无奈,好似完全站在处女座这一边。

"我会向学校反映。"处女座扔下这句话后离开了主任办公室。

摩羯座不太明白，那个曾经让自己难堪的女人，为什么现在看到的时候，却有一种说不出的兴奋？

23

摩羯座看见了处女座。

没有迟疑,只一眼,摩羯座立刻确定,就是她。六个月之前,在他身边擦过一丝微香的女子;六个月前,让他几乎无地自容的女子。

一瞬间,在摩羯座那平日习惯了一步一步思考的脑子里,罕见地同时闪出几个念头。

"真是巧啊。"

"还是这么美丽呢,嗯,身材也不错。"

"可是,当终于有一天我起床时,脑子里不再想着那件事时,我以为已经把她忘记了,为什么再见面,立刻就认了出来呢?以往我忘记什么事情,可没有那么敏锐的反应呢。"

"心跳得有点快,我已经是一个资深保险代理人了,这样的反应,一点都不像我该有的职业素养呢。"

"要向她打个招呼吗,但她多半已经忘记我了。是吗?或许说不定,她还有那么一点点印象吧。"

摩羯座收回投向处女座的目光,虽然心里闪过一大堆的念头,嘴里还是向他的客户——一位坐在处女座斜对面办公桌的四十多岁女教授讲解她新买的保单。

处女座坐在自己的位子上,用笔在纸上随意地用力地画着。她的情绪真是糟糕透了,以至于对几米外的那灼热目光毫无所觉。

24

摩羯座终于完成了对客户的讲解，然后告辞。他觉得这一段讲解无比漫长，他期待着快快结束，又希望可以讲得再长一些。"嗨，我可是个老手了。"摩羯座对自己说。

摩羯座收拾好包，向门口走去。如果有熟悉摩羯座的人在，会发现这个男人的步幅和步速比平时慢了许多。

摩羯座经过处女座的桌子，他看了处女座一眼，遗憾的是，处女座没有看他。她根本没有在意这个男人，只是想着自己的事情。

摩羯座曾经想，如果和处女座的眼神对上，接下去就是微笑，然后装着忽然想起来的样子，对她说……

可惜，处女座没有看他。真是可惜。

摩羯座的步伐在处女座的办公桌前微微顿了一下，却没能完全停下来。他走到了门前。虽说是秋天，可气温依然很高，办公室里开着空调，门是关着的。摩羯座伸手握上了门把。在这一刻，他觉得非常懊丧。

自己，什么时候变得这么窝囊了？摩羯座咒骂着自己，然后回转身。

"要学会直截了当地说不,否则啊,在这个世界你会吃亏的。对男人也是这样。"十年前,妈妈对还是丫头的处女座说。

25

对面前这个打招呼的男人,处女座觉得有些面熟。

摩羯座再次递了张名片过去:"半年以前,我们见过两次,在您家。刚才我给您同事送张保单过来,真巧。"

"哦,是啊,真巧。"处女座想了起来,这个男人看起来好像没有半年前那么土了。

接下来,接下来该说什么呢,摩羯座心里飞快地想着以往对初次见面客户所说的话,但现在说那些,好像都不太合适似的。

"呃,有什么事吗?"处女座直截了当地问了出来。

摩羯座笑了。没词的时候他就先笑,而且笑得很真诚。"忙吗?"这句话问出来让他自己都觉得很愚蠢。

"还好,大学老师不会太忙的。"事实上,刚才没找到管事的校领导,心情不好的处女座准备在办公室里坐一下,就回家去。

"有空的话,待会儿我请你喝咖啡,好吗?"说完这句话,摩羯座把手伸到背后狠狠拧了一下自己的大腿。怎么说出这样的话来,真是太冒昧了。

"不好。"处女座说。"待会儿我有事,而且我不喜欢咖啡。"

"你认识他吗?"刚刚成为摩羯座客户的中年女人扫了一眼窗外摩羯座的背影,问处女座。"不认识。"处女座回答。"你的魅力真大啊,看你漂亮就上来套近乎,先前没看出他是这么拈花惹草的人呢,早知道就不要他的保险了。这种人就不能给他好脸色。"

26

摩羯座在F大的校园里走。他从东走到西，再转回来。现在他还不想离开F大，这么糟糕的心情，总不能带去见下一位客户。

摩羯座几乎不知道自己是怎么走出那间办公室的。他想自己的厚脸皮当时一定红得像一块斗牛布。那个女人，说话也太直接了吧。真是一点面子也不留。

摩羯座觉得有一只手在心里捏着，捏着。这就是受伤的感觉吗？太好笑了，我怎么会有这样的感觉？难道说，我喜欢那个女人？只见过这么两三面，就……开始单恋了？

这样深入地剖析自己的想法，让摩羯座非常、非常的不自在。

无聊的单恋，会有这样的念头，说明自己还是太幼稚了。摩羯座批判着自己的感觉，希望借此摆脱阴影。

摩羯座走过一个个富有朝气的学子，走过旁边花坛里的一棵棵树，一株株草，走得脚也酸了。终于，他拦住一对相携而行的男女。

"同学，请问，校门往哪走？"

处女座以前不知拒绝过多少男人形形色色的邀请,男人沮丧的神情,已经看得多了。所以回想起来,虽然觉得对于摩羯座有一点不好意思,念头在脑中闪了闪,很快就被工作上的烦恼取代了。

27

处女座在办公室里坐了一个多小时,看了一叠报纸。她扫了一眼墙上的精工挂钟,两点半。她拎起包,走出办公室。

走在F大漂亮的林间小路上,处女座想起了那个窘迫的保险代理人。刚才自己好像挺过分的,自己心情不好,让他撞到枪口上了,蛮冤的。现在想想,有点过意不去。要是再见到,和他打个招呼。不过估计是不会再见了,哪有这么巧。

走在学校里不时有人和处女座打招呼,出了校门就是公车站,处女座没有等多久,一辆无人售票车就缓缓驶来。

处女座想着心事,忘了在上车之前把公交预售票找出来拿在手里。上了车,站在车门口的投票箱前,才想起来,手忙脚乱地翻开包,却发现那个小本本没有在它通常该在的地方。这时候才隐隐约约想起来,好像刚才顺手放在办公桌上了。

处女座占着位置,后面的人只好侧着身子挤上来。处女座赶紧找零钱包,这时候她觉得自己的包实在是太乱了,又是书又是皮包又是化妆品,就是找不到那个超袖珍的小零钱包在哪里。

"我帮你付吧。"刚刚挤过处女座身边的一个男人把两张预售票扔进箱子。处女座吁了口气,转过头去,看见摩羯座。

摩羯座远远看到处女座侧身和两个学生打招呼,连忙停下脚步低头作翻包状。他觉得自己像007。摩羯座一边翻包一边想着:"我干什么这么鬼鬼祟祟,又不是我要跟踪她,是巧合,巧合而已。"

28

在摩羯座心情转好，往校门口走的时候，看见了处女座的背影。这时候他心里涌起难以言说的感觉。摩羯座不打算让处女座看见自己，否则会很尴尬，所以就远远地跟在她后面，走出校门。

麻烦的是，摩羯座发现在出了校门之后，彼此的目的地还是一样的，都是公车站。他看到处女座上了车，那一辆车本来并不是他要坐的那一路，可是路线差不多，坐这一辆的话，稍稍绕一点路，也没什么大碍。更重要的是，摩羯座这个时而迷信时而不迷信的家伙，这时候正在心里悄悄琢磨：一而再再而三，这般巧法，是什么意思呢？

所以摩羯座也跟着处女座上了公车，这时候，他好像已经忘了刚才，还有上一次，他曾在这个美丽的女人面前吃了多大的苦头。

看见处女座找零钱的时候，摩羯座一瞬间在心里作出了决定。这一定是所谓的缘分吧，如果是这样，就让我面对自己心里那个乱七八糟的感情，好好努力一次。

摩羯座努力把自己的脸装成在面对一个普通客户,平静地对待态度三百六十度大转变的处女座。但是他发现自己很难控制时不时就溜出嘴角的笑意。算了,反正笑对客户也是应该的。与此同时,摩羯座想起了一句成语和一句俗语,分别是"有志者事竟成"和"天意如此"。

29

"那个,刚才谢谢你了。今天我心情不太好,前面说出那样的话,真是对不起。"处女座拉着窗边的扶手,对站在旁边的摩羯座说。

"没关系的,干我们这行的,脸皮薄是活不下来的。"摩羯座若无其事地说着,其实心情一片大好。

处女座听摩羯座这样说,心里却不是滋味。她觉得自己的确说了过分的话,人家还帮了自己一个忙,就这样说一句,太没有诚意了。

"怎么这么巧,你不是……"处女座想到他走出办公室时的模样,不太好意思问下去。

"附近还有一个要送保单的客户,出来就碰到你了。"摩羯座撒了个小小的谎,否则在F大里转来转去,现在又正好碰到处女座,很容易就被误认为有不良企图。

"其实,我也想过保一份险,要不改天你给我介绍一下?"

"真的?"摩羯座笑了。

"真的。"

"可是,我还不知道你的电话,或者,还是我等你的电话吗?"

处女座笑了,又拉开她那GUCCI的单肩小包,开始找名片夹。

摩羯座从租书摊租了一叠爱情小说回家。他以前一直觉得这种书很傻,对其毫无感觉,但他现在把它们当成教科书来看,看得十分愉快。

30

这一天,摩羯座和处女座在不同的站下了车。处女座先下车,其实摩羯座应该早一站下的,可是他觉得再多坐几站也没有关系。

摩羯座在公车上发着呆,旁边位子上的中年男人下了车,他也没有坐下,只是看着窗外。公车停下,又开动,停下,又开动。在处女座下车后的第三站,摩羯座终于想起来要下车了。

阳光照在身上,摩羯座慢慢地走着,旁边人来人往。他抬头看看天,亮得刺眼,但是蓝色的天和白色的云依然让他觉得很可爱。生活真是让人愉快,摩羯座心里罕见地有了这样的感受。

然后,摩羯座就发现,原来心情好和心情差一样,都是没有办法好好工作的。

恋爱了。想到这里,摩羯座觉得自己厚厚的脸皮有一点点的发热。

摩羯座用手摸了摸脸,一点点而已吧。

　　处女座拿着电话,皱起了眉头,却毫无办法。妈妈居然又要给自己介绍对象,这一次是她同事推荐的一个博士。像博士这样的头衔对处女座产生不了任何作用,之前见的几个博士硕士又土又无趣。可是面对妈妈的关心,这个已经28岁的美女只好硬着头皮答应见面。好不容易放下电话,铃声又响了起来。

31

晚上，摩羯座盯着电话看了好久。

电话响了，好像没有给过她我家的电话吧，摩羯座回忆着白天公车上的情形。

响到第三声的时候，摩羯座拿起听筒。声音很亲切，当然不是处女座，是老妈。

"儿子啊，快一个星期没回来了，什么时候回来啊。"

"嗯。"

"儿子啊，回来做好吃的给你，这几天花蟹不错，很壮的。"

"哦。"

"儿子啊，天气热吃东西小心啊，别老是在外面吃，不卫生要吃出病来的。"

"知道了知道了知道了啦。"

十分钟后摩羯座结束了这通基本双方没有互动的电话。他想着处女座说今天有事，决定等到明后天再给她打电话，不能太急。

第二天，早上出门的时候摩羯座想着上午要不要给处女座去个电话，吃午饭的时候想着下午要不要给她去个电话。

是不是再等两天打电话呢，说明我工作很忙的，也不是非常在乎她……摩羯座拖到了晚上，这样的想法在脑子里转来转去，终于骂了自己一声"神经病"，拿起电话拨出号码。

"约到了,约出来了,明天又可以见到她了……"满脑子想着这些,却依然不妨碍摩羯座很快沉沉睡去。另一边,处女座再一次失眠了,她看着窗口的缝隙,想着迷人的韩星,麻烦的相亲,以及正在写的一个中篇小说和一些深刻的哲学问题。

"喂,哦,是你啊。"那一头,处女座的语气很温和。

"昨天,你说到保险,所以我今天就打过来了。不好意思,晚上打过来,没打扰到你休息吧。"

"没关系的。"处女座说。

"我想,还是约个时候聊一聊吧,我专门为你设计一套保单。"摩羯座对很多客户说过这句话,但现在说出来,自己都觉得里面有阴谋。

"这么复杂吗?"

"总不能随便找份贵的让你买吧,保险是根据个人情况的,一个好的代理人可是一个生涯保障规划师啊,不过总要多了解一下,才可以规划的。"

第二天上午处女座没课,两个人约定十点半,在学校旁边的小茶馆。对这样的第一步,摩羯座非常满意。

不过另一边,处女座对这个男人的企图,还一无所知。

"坐姿不太好,双腿分得太开,喝饮料的姿势也不文雅……"一边和摩羯座说着话,处女座一边在心里评价着这个男人。处女座自己也觉得自己实在是太挑剔了。只不过是个保险推销员,又不是去相亲,有必要看得这么仔细么。

33

上午的阳光不太好,处女座走进那个小茶馆的时候,摩羯座已经坐在靠窗的秋千上了,脚上轻微的动作,使身体随着秋千前后轻摆。处女座觉得这样的姿势有一点可笑。

处女座要了一杯最普通的珍珠奶茶,"一样",摩羯座对侍者说,对此他没有什么特别要求。

"上午没课吗,像你这样的工作,又有寒暑假,真是舒服。"摩羯座可不想一下子进入正题,虽然在高中和同桌拍拖到毕业后,就再没有像样的恋爱经验,但昨天在睡着前和醒来后已经对这次的谈话筹谋许久。

"还好啦。"处女座心里对摩羯座的说法一点都不认同,因为教学方式被迫更改的事,她正准备今天下午去找副校长理论,不过这样的麻烦事,她并不准备向只有几面之缘的摩羯座说什么。

"你教中文吧,我读书那会儿,作文可是最最让我头痛的事啊。"

"是吗,你读理科吧。"

"我读计算机,可是现在干的事情,和专业一点都搭不上,呵呵。真的是很奇怪啊,有时我就在想,以后的生活好像不太受自己的控制呢。"

"计算机,那也是我最头痛的东西,到现在我家的电脑只有打字和上网两个功能,还是朋友帮我设置的。"

把指甲剪干净以后，摩羯座又去剪了个头。其实这些都该在去见处女座之前做的，不过现在后悔已经来不及了。摩羯座发誓，以后一定要注意这些小地方。

34

"还是说说保险吧,除了养老险之外,你觉得我还需要什么?"在闲聊了一会儿后,处女座示意她对面的男人可以开始今天的主题了。

摩羯座有些失望,只好收拾心情,开始为处女座介绍适她的各种搭配。当然,他会问许多相关和看似相关的问题,以便进一步了解这位特殊客户的情况,为了业务,也为了其他。

摩羯座觉得自己从没有这么啰嗦过,显然在这方面他并不擅长,所以说到后面,逐渐陷入没词的困境,已经不止一次换头去尾问出类似的问题。虽然摩羯座并不知道处女座在圈内的声誉,但他看得出坐在对面的女子和一般有胸无脑的美女完全不同,所以他不能让自己再这样愚蠢地表演下去。

"基本上我已经了解了,回去之后我会设计一套保单,稍后再和你电话联系。"

"好的。"

摩羯座叫侍者埋单,试探着问:"时候不早了,我请你吃午饭吧。"

"不用了,我回学校还有点事,谢谢。"

出门的时候,处女座对摩羯座说:"你的指甲有点长了。"

摩羯座觉得自己的脸像猕猴的臀部。

摩羯座正心情舒畅地和处女座煲着电话粥,妈妈却端了一碗红枣莲心汤进来,搞得摩羯座十分窘迫。他用力地挥着手,终于把偷笑的妈妈赶出了房间。对于这段小插曲,电话那头的处女座并没有发现。

35

隔了一天的夜晚，九点多，摩羯座反复换了好几个无聊的电视频道，决定给处女座打电话。

"是你啊，已经设计好保单了吗？"处女座问。

"还没，正绞尽脑汁着呢，怎么，没设计好就不能打你电话？"摩羯座厚着脸皮。

"没有，不过你的效率好像不怎么样啊，每个客户你都这样设计吗，那不是来不及？"

两个人就一路聊了下去，摩羯座觉得他在电话里要自如得多，打了半个多小时的电话，还是可以随时找到话题。

"前两天看到你的时候，总觉得有什么事的样子。"

处女座不常煲电话的，但那是因为她没有很多可以煲电话的对象，恐怕大多数的女人，煲起电话来都驾轻就熟。处女座靠在沙发上，和摩羯座东拉西扯，听他问到自己，这件事又胸闷得很，就顺口说了出来。如果摩羯座是当面问，只怕她会像前天那样敷衍过去。电话真是一种有魔力的器具，对男女而言。

摩羯座从没有遇见过像处女座这样教书的老师，加上某种情绪作祟，听处女座描述了自己的授课方式和教学理念之后，立刻击节赞叹，而后马上和处女座同仇敌忾。

恍惚间处女座竟有了一丝知己的错觉。

　　处女座在电脑旁边很用力地写着给校长的信——她觉得手写更能体现出自己的愤怒。处女座很用力地写着写着,一不小心就把纸写破了。她一把将信团了起来,狠狠扔进旁边的纸篓里。不会有人相信,处女座居然也会有这么鲁莽的动作。

36

昨天处女座去找副校长，身居这样的位子，太极拳当然打得比系主任更好，深谙以柔克刚的道理，让处女座碰了个软钉子。在摩羯座小心翼翼的引导之下，处女座郁结的怒气得以宣泄，前因后果和一点点的抱怨一路说下来，让处女座心情舒畅不少。

摩羯座放下电话，看了看表，已经近十一点。真是一个良好的开端。

接下来就让摩羯座感觉容易很多。第二天，他选择在晚上十点钟的时候拨通处女座的电话。如果每天晚上可以和她从十点讲电话到十一点，至少听起来这件事已经很暧昧了。

随口问了两句之后，摩羯座就把话题引到了处女座的伤心事上。心仪的美人出了状况，当然要想办法解决问题，不光光是当一个好听众就可以的。其实昨天打电话的时候摩羯座就略略有了个主意，可是把这些话留到今天再说，足以使第二次的电话粥师出有名。

"问题是从学生这里出的，当然还是从学生这里解决比较好，其他老师的作业和随堂考的量乘以复数，再加上一点点的暗示和诱导……"摩羯座说出了方法。

"好像有一点卑鄙啊，不过倒说不定会有些效果。"处女座觉得有些好笑，又有些犹豫。

"对想要坚持的东西，换一种方式去争取也没什么不可以的，另外，对上学期的不及格事件作一些解释，大概会取得更好的效果吧。"

"你点一下。""不用了吧。""那好,我还有课,不好意思,先走了。"摩羯座望着处女座的背影在F大的树丛中消失,浓浓的眉毛微微皱了起来,心里实在有些犯愁。之前他已经等了半个多小时,迟到的处女座居然在一分钟后又匆匆离去。

37

毒计往往可以取得良好的效果，课业重压之下，学生的反应都在预期之内，与此同时，两个始作俑者每晚通电话，也就在情理之中了。

到两个多星期之后，学生们联名写信给系里，希望美女教授恢复从前的授课方式，在得到了处女座只要是自己写论文怎都不会不及格的承诺后，签名的人里面，竟然有许多是上个学期的不及格者，系里也只好"顺应民意"。

这一场风波，终于依着处女座的心愿收尾，天天通电话的摩羯座自然居功至伟。连摩羯座自己也觉得自己很神，一个点子就告成功，用他某一次和处女座煲电话时半玩笑半吹嘘的话来讲，叫"挽狂澜于既倒"，心底深处和处女座社会地位的落差感，由此得到满足。

"谢谢你了，"大局已定的时候，处女座在电话里对摩羯座说："我的保单呢，总该做好了吧。"

"呃，明天有空吗，我给你送过来。"

第二天，处女座在上课前匆匆和摩羯座见了一面，银货两讫。摩羯座在心里揣测着，为什么老是这么匆匆的呢，虽然之前一打电话就是个把小时，可是面对面的时候，却总是着急去做其他事情的样子，连一起吃顿饭的机会都不给。现在保单已经给了，困扰着处女座的问题也解决了，今天晚上再打电话过去的时候，算不算一个新的开始呢？

"又在打电话啊。"妈妈拿着一盘切好的苹果放在儿子面前。摩羯座一边目送充满好奇心的妈妈走出房间,一边拿着电话听筒发呆。刚才他曾经勇敢地向处女座进行试探,现在,电话那头传来的"嘟、嘟"断线声已经很久了。

38

处女座往自己的背后多加了个枕头，使感觉更舒服些。每晚睡前，她总要找本书翻翻，有时候书比安眠药的效果还好，淡黄色的床头灯光下，常常看几十页就有了倦意。当然，也会有把整本书都看完还精神奕奕的时候。

埃科的《玫瑰的名字》，不错的小说，但处女座却看得有些烦躁。

原本是因为补偿的心理，才愿意向摩羯座购一份保单，可没想到这个做保险的男人真的帮她解决了大问题。处女座的朋友圈子里，本没有像摩羯座这样的人，有时候碰到了也不会深交，前些日子摩羯座一直打她电话，以处女座的敏锐，当然不会觉察不到这个男人背后的情愫，开始处女座接电话是因为补偿心理的延续，而后是因为摩羯座找到了一个很好的借口。

可是刚才，摩羯座又打电话了。

当摩羯座以似巧实拙的方式说出"像你这样漂亮，一个人住没人照顾可是很危险的"时，得到的答复远比问题更明了"我是没有男朋友，不过已经习惯了，觉得挺好"。通话很快就结束了，这是两个人煲电话粥以来最短的一次。

已经算是把话说开了吧，那明天，他还会打电话吗？处女座熄了灯，把自己裹进毛毯里。

博士一直把处女座送到楼下,目送着两条有着优美线条的小腿踩着凉鞋转进二楼转角。他实在没有想到相亲还能碰到这么优秀的女孩子。不过刚才吃饭时,对方的态度温凉温凉的,眼界这么高的女人,能追到吗?

39

如果是处女座从前的追求者们，无论之前是轰轰烈烈的示爱还是细水长流的温柔，在处女座这样的表示之后，几乎没有人还会厚着脸继续下去。

可是摩羯座不一样。虽然摩羯座这一次并没有误解处女座的意思，被拒绝的信息清楚无误地收到，但却并不沮丧。天知道摩羯座拉下脸跨入保险业的最底层，曾受到过多少次拒绝甚至嘲笑。有着坚定地去追某个人的信念之后，摩羯座怎么会被一次拒绝打倒？

当然摩羯座也知道他需要改变一些方式，他已经知道处女座并不排斥煲电话，如果是有趣的话题，这个很有学问的女子也不是那么难亲近的。这点对他来说不算难事，因为工作的性质，摩羯座拥有比处女座广泛太多的接触面，虽然他本人对此并不是很享受，但从这个处女座完全不了解的天地里找一些话题作聊天之用，还是很方便的。

所以摩羯座依然每天给处女座打电话，只是打之前会酝酿很久，筹备好最最有趣的话题。而处女座也开始忙起来，摩羯座并不是每天都能找到她，有时晚上十一点的时候打过去，还是没有人接电话，每个星期这样的时候，总有两三天。而且，摩羯座渐渐觉得，处女座越来越忙了。

风从窗口吹进来,把写字台上的书吹得"哗哗"直响。处女座捋了捋飞扬的长发,正想去把窗关了,手机却响了起来。

40

电话铃响了,处女座看了看表,十点四十分。她不用去看电话机上的来电显示,就知道一定是摩羯座打来的。处女座自顾自地看书,电话铃响了很长时间,终于止住。

得冷处理一下呢。处女座心想,从现在开始,一个星期就接一两次吧,或者一次都不接?这个人很木的样子,真是有点烦人啊。

真的已经入秋了,天气开始凉下来,在家里随随便便穿件睡衣,手脚冰冷。第一次碰见那个男人的时候,已经是半年以前了啊。最近和他打电话,还真的有点习惯了,可要是一直这样下去,似乎不太好的样子。

手机响起来,和弦铃声很悠扬地开始奏 LOVE IS BLUE。"喂,喂……"家里的信号就是不好,处女座换了几个方位,同学从香港打来的电话还是断断续续。处女座只好走到门外的楼梯过道上。

"刚才往你家打过电话,那么晚还没在家吗?"

原来不是摩羯座啊,处女座找了个理由解释着,心里这样想。

惜芸下个月要来出差,想找时间和老同学聚一聚。没聊多久,手机就开始发出缺电警告。"不好意思,手机快没电了,就这么说定了。"话音刚落,一阵风从身后吹来,房门"砰"地关上了。处女座目瞪口呆。

十一岁的时候,迷路的处女座站在十字街头望着人群茫然失措。从那时候起,处女座就决心掌握更多的知识和讯息,以便让一切都在自己的掌控之中,再不要这样的孤单无奈。

41

天哪!

晚上十一点,处女座穿着睡衣,拖着拖鞋,被关在自己家的门外。她并没有对惜芸说什么,远在香港的同学是没办法救她的。

走道里的声音感应灯熄了,把处女座罩进了黑暗里,她用力蹬了一下地,让灯再次亮起来。

怎么会发生这种事情?

父母住在十几公里外,而且早已睡觉,就算要坐出租冲过去,身上却一分钱都没有,而且穿成这样子,怎么出的去?找谁呢,这么晚了,找谁来救自己呢?

电话响了,是屋子里的固定电话。那一定是摩羯座了。摩羯座是不知道处女座手机号的,被问起的时候处女座以不开机为由搪塞了过去,他们的关系还没好到可以让摩羯座随时都能找到她。

可是现在……处女座想起摩羯座的家似乎离这里不太远。至于他的电话,看了那么多天的来电显示,早背出来了。

但是,也太不合适了吧,自己这个样子。不过,还有谁,还有谁可以求援呢?

自负的处女座,脑子里从没有这样空白过。

"公司里有急事。"对父母扔下这一句,摩羯座就蹿出了门。白衬衫飞舞着下了楼梯,跳跃到外面的马路上。摩羯座钻进一辆的士,心却依然跳跃不止。

42

已经是连续第三天,处女座晚上不在家了。频繁地夜出,十一点未回,这说明什么呢?坚强如摩羯座,也不由得涌起强烈的挫折感。

随着对处女座了解得越多,知道了她有着与她的年轻甚至是美丽不相称的声誉和地位,摩羯座就越是在心里滋生出异样的情绪。平时他可以把这些情绪压抑在自己粗大的神经底下不去理会,可现在挫折感一生,就让摩羯座不由得在心里闪过这样的念头:

自己和她……好像……距离真的很远的样子啊!

虽然叹息着,却并不妨碍摩羯座明天继续打电话的计划,好好睡一觉,明天可以接着上路。

有这样打算的时候,电话响了。

是谁啊,这么晚了。几乎没有人在这个时候打电话到家里来,摩羯座抱怨着,为了不吵到刚睡的父母,拿起了电话。

"喂?"

"喂?哪位?"

"……是我。"

处女座从楼道里的窗户向下望,路灯下小区的花园小径上空无一人。已经很久了,没有这样无助地等待一个人,居然还是一个男人。

43

处女座觉得脸有点烧。她已经不记得自己有多久没有这种感觉了。一个女人在这种时候打电话给一个说到底不算太熟的男人,就连处女座也无法做到坦然。更可恨的是,就在处女座踌躇了半天,刚开始说的时候,手机在鸣叫了几声后,就无情地断了线。

就在"真不好意思,我这儿有些小麻烦,你现在有空吗……"的时候没电的,确切地说,处女座不太确定"现在有空吗"这五个字摩羯座有没有听清楚。如果处女座在一开始别有那么多的犹豫,又别用那些类似"真不好意思"的虚词,也许她能把事情说清楚,可现在,摩羯座连处女座在哪里都不清楚呢。

处女座只好再开机,残留的电只允许她对摩羯座多说了三个字"我在家"。现在她的手机已经彻底无用了。

房间里的电话又长时间地响了起来。处女座只能在门外苦笑。在家却不接电话,不知道那个男人会想到哪里去。

风从楼梯口吹上来,好冷啊。

总有些画面，会让人一辈子记在心里。

44

幽幽的楼道里传来急促的脚步声,是两格一跨的跳跃。

摩羯座转到四楼半,向上望的时候,就看见了站在窗口,差点融进了夜色的处女座。深蓝色的丝质吊带睡衣,长发披在裸露的肩头,这足以让摩羯座产生一秒钟的屏息状态。

很久以后,摩羯座对别人说,那一晚她的样子,永远都忘不了。

可是处女座一点也不觉得自己的样子有什么好,她快要窘死了。可是还得故作镇定,对正蹬蹬蹬急走上来的摩羯座说:"真不好意思,我被关在自己门外了,只好打扰你……听到你打过来的电话,就想了起来……可是我的手机又没电了……真不好意思。"说什么呀,自己。

"吓死我了,我还以为……"

"煤气中毒吗?"处女座笑了。

"要把门弄开啊,这锁你还要吗?"摩羯座问。

"只好不要了,可是,你有办法吗?"处女座没想到摩羯座连撬门也有办法。

摩羯座笑了笑,开始打电话。第一个电话是114市内电话问询台,第二个电话是从114问到的开锁公司的电话,第三个电话就把事情搞定了。

"一小时左右,他们会派人过来。"摩羯座说。处女座顿时心里踏实了许多。

这是第一次，摩羯座有这样的机会和处女座相处。这一次，没有任何的理由可以让处女座从身边跑开。可是，当机会真的来临时，摩羯座愣愣地看着处女座和她身后婆娑的树影，耳朵里尽是自己的心跳声，至于嘴里说了些什么，却听不见了。

45

"你冷吗？"摩羯座注意到了处女座把双手环抱在胸前。

"有点。"

"你等一下。"摩羯座风一般跑下了楼。

摩羯座再次出现的时候，身上只穿了件白背心，来时的短袖衬衫提在手上。

"本来想看看有什么你可以穿的衣服，可你们楼下的便利店只有这背心卖，你穿我的衬衫吧。"

"谢谢。"虽然从没有这样的经验，处女座还是接了过来，不仅仅因为冷，等一会儿开锁公司的人来，难道自己还是这副样子见人？

处女座把衬衫披在身上，掩去了许多春光。"有汗味。"处女座轻轻、轻轻地皱了下眉头，大概是他白天留下的吧。

"你真行呢，几个电话就解决了，我可想不到。"

摩羯座笑笑："倒是你，怎么会这么惨？"

"还是下楼说话吧，这里会吵到别人的，你这样不冷吗？"

"冷？我还出汗呢。"

两个人，坐在离大门不远的花园里的长椅上。一个穿着蓝色性感睡衣又罩着白衬衫的女人，一个穿着背心的男人，在月光和星光下，聊着天。

男人一边开锁一边偷看着身边的女子。女子的脸上有一丝薄怒,大概是自己来得晚了吧。可是,为什么她的男友,却像是有些紧张呢?

46

"一,二,三……"

"数什么呢?"处女座问。

"我在数,从第一次到现在,我们才见了四面吧。说起来,进展还真快啊。"

"胡说什么呢。"

"开开玩笑,别介意。"

处女座不知道该怎么应付这个男人,只好转过头,朝大门的方向看。都已经过了一个小时了,怎么还没来人啊。

"应该快了吧。"声音从耳边传来。处女座转过头,看见摩羯座的眼睛,很近很近。

处女座张口想说什么,两只手臂却从背后把她强有力地圈了起来,然后她就说不出话了。衬衫上的那种气息,一下子重了很多。

"他们来了。"在处女座还有一点发愣的时候,摩羯座拉起她的手,从花园里走出来。

"哟……"摩羯座倒抽了一口凉气,连忙把手松开,上面已经被处女座掐出一道血痕。处女座趁机摆脱了摩羯座,上前和开锁公司的人打招呼。

"刚才是你打的电话吗?"对方问。

处女座看了一眼紧跟上来的摩羯座,说:"是我朋友打的。"

一个意外让处女座陷入从未有过的虚弱。她未曾想过会在这种情况下被人乘虚而入。原来自己也是需要依靠的,她终于知道了。

47

"你拿反了。"

"哦？"

"应该右手拿刀的。"

"呵呵。"摩羯座赶紧把双手的餐具交换了一下。

"已经和你说过三次了啊。"这句话处女座藏在心里，没说出来。

"要是可以用筷子的话，该有多方便啊。"摩羯座还不至于蠢到把这样的想法告诉处女座。

是冬天了。距离那个初秋的夜晚，已经两个月了。

"那天，你的胆子怎么这么大？"

"哪天啊。"

"装什么呢，那天晚上啊。"

"一半是情不自禁。另外啊，我知道要是不赶快行动，很快就没机会了。那样的场合，你不觉得是天意吗，怎么可以不把握住呢。其实我是头一次干这样的事，心狂跳，生怕挨你一巴掌。"

"早知道那时候该狠狠心给你一巴掌，就没现在这么多事了。"已经上了贼船的处女座如是说。

　　摩羯座牵着处女座的手,他轻轻地握着那只温软细滑的手,生怕重了捏疼她。幸福,幸福,这……就是……幸福了吧。

48

生活中总是充满了意外，摩羯座和处女座终于走到了一起，应该说，如果没有那天晚上的意外，结果将会完全不同。虽然摩羯座一定会坚持相当长的一段时间，可是最后只能是一方面对对方长时间的不在家深感疑惑和挫折，另一方面由烦恼而终至厌恶。

一起出去吃饭，看电影，窝在处女座家看电视……经过了长达半年的酝酿之后，两个人的关系一旦开始进展，速度就足以让每一个追求过处女座的男人大跌眼镜。

老实说，一直到现在，处女座有时一个人的时候，还想不通为什么会选择摩羯座。从各个方面讲，摩羯座和她预想中的男友都相差甚远，他的学历，他的学识，他的地位，他的收入，甚至于他的外貌。可就是发生了，没有道理可讲。处女座一直认为自己是个理智的人，为什么在那一晚的慌乱之后，她就很难再拒绝摩羯座？

摩羯座觉得很幸福。是的，如果他不是摩羯座，而是双鱼座，或者是巨蟹座，就会完全陶醉在巨大的幸福中了。如梦幻般的恋爱，已经发生了。可摩羯座是摩羯座，所以除了幸福之外，还有……还有一种很微妙的感觉，尽管摩羯座不愿意承认这一点，但这种微妙的感觉使他无法完全把自己投入到幸福之中去。

和所有的女孩子一样,处女座都梦想过自己结婚时的样子。她梦到了鲜花,梦到了婚纱,梦到了香槟,甚至梦到了海滩和游艇。可是,她一直看不清,站在她身边,挽着她的手向前走的人,到底是谁。

49

"听说之前你的办公室里可是从来都不缺玫瑰花的。"摩羯座挽着处女座的手,穿过一条车流穿行的大道。

"是啊,你以为我没人要吗?"

"怎么都不动心呢,等着我吗?"摩羯座难得这样油腔滑调。

"哼。"处女座没理他。却在转进一家小店的时候,轻轻说:"我这个年纪,当然要谨慎一点。"

摩羯座顺口接着问:"什么叫要谨慎一点?"

处女座横了他一眼,却指着一件衣服问:"这件衣服好看吗?"

"还可以吧。"其实摩羯座看这店里的百十件衣服都差不多,关键还是处女座好看。他很安静地站在一边,等处女座挑完。他想着处女座先前的那句话,心里忽然一跳,"这个年纪,当然要谨慎一点",就是说要准备结婚了吧。摩羯座觉得自己一下子连颈也矮了,手里拎着处女座的提包,在一旁站得愈发笔直。

可是摩羯座很快就觉得头晕了。自打从服装店逛到了书店,处女座就挪不开步子了。更要命的是,凡是处女座停留的地方,那些书摩羯座都完全不感兴趣,拿起来翻翻,只一会儿眼睛就花了,头也开始痛起来。看来陪处女座这样的女人逛书店,比买衣服更难过啊。

摩羯座第一次坐进属于自己的办公室,玻璃门外是忙碌的属下。阳光从十七楼的窗外射进来,楼下来来往往的车辆小如蚂蚁。他忽然觉得,位置有时候真的很重要。

50

时常有人说,情场得意,什么什么场就失意。可是以摩羯座的经验来说,好像一件事顺了,其他什么事情都顺起来。

尽管刚入行的时候,摩羯座的表现并不突出,可是他在做到第 100 天、200 天、300 天的时候,竟然还可以以近似于第一天的努力去工作。与中国的其他行业相比,保险业更重视业绩,摩羯座不断稳定上升的业绩和累积起的良好声誉,在他追到处女座之后,也开花结果。短短三个月内,他就升了两级,转眼有了数十名部下。

"我换工作了。"在 STARBUCKS 里和处女座吃晚餐的时候,摩羯座用淡淡的口气告诉处女座。

"噢?"处女座等着摩羯座说下去。

中国保险业的竞争在最近一段时间里剧烈起来,摩羯座的工作变化就是由一家新进入中国市场的欧洲保险公司带来的。比原来高四成的收入,位置是三个区的主管。那是摩羯座原先做得最好的三个区,现在他要为新公司开拓这片市场。

有一点摩羯座没有对处女座说,就是风险。现在的形势下,虽然他在新公司内有很好的前途,但一起在竞争的有国内和国际的大公司,这家欧洲保险公司规模只属中等,在竞争中失败是很可能的。而一个失败者要找到好工作就不那么容易了。可是摩羯座现在需要这个工作,更确切地说,他需要这个位置。一个真正的高级白领的位置。

摩羯座不停地向处女座赔不是,他觉得自己已经最大程度地迁就处女座了。可是他不知道,从很早开始,他的眉毛就开始皱了起来。所以,嘴里说得再好听,处女座也是听不进去的。

51

"怎么现在才说？"完全出乎摩羯座的预料，处女座的脸上明显露出不悦的神色。

"事情来得比较急。"

"急？昨天都没听你说。"

"今天刚定下来，我想定下来才和你说的。"

处女座不说话了。

"喂？"

"喂？怎么了，生气了？难道要我事事都和你汇报啊。"

"谁要你事事汇报，你以后什么都别跟我说。"处女座淡淡说。

"我这不是跟你说了嘛，想让你高兴一下，你还想怎么样啊。"摩羯座觉得自己什么都没做错，胸闷无比。

"声音那么响干什么，埋单了。"

摩羯座一阵窝火，就算对象是处女座，这种毫无来由的脾气，他也不想一直把软话说下去。

处女座知道自己为什么生气。刚才吃饭前，摩羯座居然又在喝茶的时候把勺子放进茶杯里，吃饭的时候，嘴里咀嚼的声音大概邻桌都听得到，已经记不清说过他多少遍了。后来又忽然说出换工作的事，他到底有没有重视自己啊，都办完了才说，不爽的心情一下子爆发。可是又不能告诉摩羯座为什么，那岂非显得自己太过小气。

这种时候，通常是应该下雨的。

52

陪处女座回家的时候,两个人就像是并排而行的陌生人。处女座走得很急,摩羯座一不留神就落在了后面。

从教堂底下经过,大钟忽然响了。巨大而空旷的金属轰鸣声,携着无形的冲击力蓦然而至,让处女座的脚步也不由慢了下来。

处女座的手被拉住了。

被另一只手坚定地,紧紧地拉住了。在钟声里,两个人静静地站着。

最后一缕余音散去,摩羯座把处女座拉转身。

处女座看着摩羯座,等着他说些什么。

摩羯座呆了半响,犹豫着,是要为自己不存在的错误而道歉,还是……这一刻他想起看过的无数爱情片,在这样的场合,经典的台词在他心里回旋。

可最后摩羯座只是笑了笑。

"走吧。"他对处女座说。

"笨蛋,笨蛋,笨蛋……"处女座一边走一边在心里骂。

"你真的不去吗?"摩羯座怀着最后的希望问。"是啊,你不是问过好多遍了吗,我参加你的同事聚会,让我干嘛呢,我又不喜欢唱歌。"摩羯座应了一声,提着包走出门。

53

就这样日子一天一天过去。

摩羯座每天结束工作,就去接处女座,两个人不断地发现新的好吃的小店,或者回到家,由摩羯座张罗,处女座做饭,摩羯座洗碗。

几乎每一天摩羯座回到家都已经很晚,偶然还住在处女座家里。他的父母知道儿子有了女友,摩羯座正在想,什么时候把处女座带去见父母呢?

春天已经快到了。

"到时候,该怎么对父母说呢?"最近,处女座一直在想这件事。应该没什么问题吧,等认识他满一年的时候,就叫他去家里吧。可是,他怎么没提起,让自己去他家的事呢?

"为什么你坐过的地方都会那么乱啊,还有这里,是不是你刚才喝牛奶的时候弄出来的?"处女座把眉头轻轻皱着。

"唉,唉,以后结婚了,我们请人专门收拾吧。"

"谁跟你结婚了。"处女座啐他。"快点弄干净,不许偷懒。"

"唉,知道了。"

听完一堂课程后,摩羯座决定照老师说的,自己做一次心理建设。他拿了许多小纸片,写上自己的优点"有行动力""勇敢""老实""坚持""信念"……他把这些摊在床上,那么,究竟处女座喜欢其中的哪些呢?选择的时候,摩羯座觉得和老师说的正好相反,要下判断,真是好困难。

54

现在，摩羯座已经知道，当时为什么处女座不在家的次数越来越多。他从来没想过原来来电显示的功能可以这样巧妙地运用。所以他时常反思，反思他到底是凭什么在最后关头，可以越过彼此之间本就相距千里，并且正在越来越遥远的距离，最终把握住处女座。

"你喜欢我哪里？"虽然摩羯座时常问出愚蠢的问题，可是这大概可以算是他问出的最愚蠢问题之一，所以他只问了一次就没有再问过。那一次的回答当然是："我哪里喜欢过你了。"

摩羯座本以为，那天晚上他的胆大妄为得以成功是源于之前的电话攻势。现在他则猜想，就算坚强成功如处女座，恐怕也是需要依靠的吧，那晚自己是处女座身边唯一一个可以依靠的男人。可是，摩羯座无法阻止自己有这样的念头——如果那天在处女座身边是另一个男人，任何一个曾经追求过处女座的男人，会是怎样的结果？

一切源于偶然？摩羯座当然不会认同这样的论调。自己的价值不仅仅在于叫来了开锁公司，更多的恐怕在于让处女座重新自由地在课堂中以自己的方式授课。在处女座的专业领域提供最及时的帮助，这样的经验对处女座来说必然是难忘的吧。

"喂,这本杂志给我带回家吧。""好啊,你拿去吧,不过,真有那么好看吗?"处女座笑笑,没有回答。她翻到封三的位置,看着巴厘岛的风光,又笑了。

55

摩羯座轻轻把手从处女座的背后穿过，挽着她的细腰。处女座把电视机的音量调轻了些，问："有事吗？"

"再过两个星期我们认识就一年了，要不要庆祝一下？"

"庆祝……"处女座想了想，脸上露出笑容，抽出旁边的一本杂志，翻到封三。那是一幅巴厘岛五日游的旅游广告。

"要五天啊，"摩羯座的声音里有着犹疑，"这样长的假，很难请的，其实这个时候去杭州也很不错的，走走九溪十八涧。"

"算了，也没什么好庆祝的，到时候再说吧，我也不一定有时间去杭州呢。"处女座把杂志放到一边。

"怎么，生气啦？你怎么这么容易生气啊？"摩羯座紧了紧搂着处女座腰的手臂。

"没有，在新公司发展还顺吗？"

"那是当然，那三个区的业绩比原先的计划还高很多。中国区的总裁对我很满意，可能过不久就能再升一升呢。我们总裁是中国人，虽说公司不算是多大的跨国巨头，但在总公司做到这种程度，被派回国来主持大局，也算很了得呢。"

"是吗。"处女座显然对这个话题不太感兴趣，淡淡应了一声，带了过去。摩羯座向来不惯于留意这样的细节，依然滔滔不绝地说着自己的工作情况。这个夜晚就这样过去。

"这个人,衬衫的下摆都从裤子里拖出来了,自己还不知道。"摩羯座的不修边幅让处女座在看到他的第一眼起就心里不舒服,现在说话又这么不考虑自己的想法,真是太大男子主义了。你说去巴厘岛,就一定要去么?

56

"公司准假了。"这是下午摩羯座去接处女座时,说的第一句话。

"准什么假?"处女座一时没反应过来。

"五天假期,去巴厘岛玩啊。"

"不是说不去了吗,我都不知道到时候能不能抽出空来。"

"天,你不知道我请这假有多难,不要请出了假你又不去。"摩羯座说的可都是大实话,前天回去他反复思量,终于下定决心陪处女座好好玩一次,硬着头皮去和公司要假。这些假日后都得靠加班补回来,此外还算是欠了上司一个人情。这时候明知道话说出去处女座会不高兴,还是忍耐不住。

"你请出假我就一定要去?什么逻辑。"处女座果然丝毫不让。

"不是你要去巴厘岛的吗?"做了这么大牺牲处女座还不领情,摩羯座不由痛心疾首,说话的声音也高了。

"你不是要去杭州吗?"处女座回敬。

"你怎么这么莫名其妙。"摩羯座上了火气。这时他们依然还走在F大安静的校区里,周围的学生向美女教授和他的男友投来关注的目光。

"你自己的事情,有着落了吗?"香港的同学问处女座。"嗯。"处女座在回答的时候,却想到,自己和摩羯座能够在一起,和眼前的同学,可是有着莫大的关联呢。"那,周五的聚会一起来吧。""这不太好吧。""怎么,他不愿意参加你的同学会吗?""这……倒大概还不至于吧。"

57

"反正还有一两个星期,过两天我和系主任说一下,看看有没有人能代我的课再说。"冷战了十分钟之后,处女座说。她觉得自己刚才是有一点点赌气,谁让这个摩羯座一点都不知道她在想什么。

"哦。"虽然知道处女座已经不再坚持刚才的无理,可这样的回答依然让摩羯座高兴不起来。真是的,书读了一大堆,还这么不讲道理,看来女人都是一样的。

"学校里的事,搞不定我来帮你想办法。"摩羯座说。

处女座的眉头微微皱了皱。这已经不是她第一次听摩羯座说类似的话了,她不喜欢有人在她的专业里指手画脚,哪怕是摩羯座,哪怕摩羯座已经帮过她一次。虽然她也常常把学校里的事告诉摩羯座,但那只是需要一个听众而已,摩羯座却总是会错意。

"星期五晚上我有个同学会,我香港的同学回来了。要么,你和我一起去?"

"好啊。"摩羯座的脸上这才露出了一丝笑容。先见同学,该算是见父母的一个前奏吧。

处女座却在想,香港的那个同学去年打电话来的时候,自己和摩羯座比陌路人熟不了多少,电话一挂,自己的生活就起了这么大的变化。而她一直说要来,却拖到了今年。这世上的事情,真是难以预料啊。

"听说,那里的沙滩很漂亮呢。""嗯,沙滩上的泳装美女也很漂亮呢。""我才不看别人,我只看你。""哼,你要看别人,我怎么管得住你的眼睛。""那,你穿得少一点,再少一点,就能管住我的眼睛了。"

58

"你说，明天我穿什么，通常你们这种聚会是要正式一点还是休闲一点？"

"随便就好啦。"处女座略带惊奇地看了摩羯座一眼，看来他对明天的事情还真放在心上呢。

摩羯座"哦"了一声，回过头去，继续玩电脑游戏。

处女座撇了撇嘴，像这种如此女人的神态，从前可是很难看到的，可惜摩羯座的眼睛现在只盯着电脑屏幕。

"你总是在我这里玩游戏，霸着电脑，别人约的几篇稿子都没法子写。"

"我不玩你就有心思写了？嗯，不过以后看来倒是真要再买一台电脑。"

处女座的嘴角又往一边挪了挪。面前的这个笨男人真是事事要点穿才明白，要玩游戏自己回家不能玩啊，把我晾在一边看书看电视，以为我愿意吗？要是和这样的人结婚，那以后的生活可真是无趣之极了。不过，处女座回过头来想想，自己从前的生活好像也没有趣到哪里。

"喂，你什么时候去旅行社订巴厘岛的团啊？"

摩羯座猛地回过头来："你去了？"

处女座白了摩羯座一眼："笨蛋，你假都请了，我还真不去呀？"

摩羯座走到处女座跟前，弯下腰，无视处女座的挣扎，抱住她吻了下去。

摩羯座觉得自己的形象还不错。他很少像今天这样注意自己的外表,他相信今天一定会遇到处女座以前的追求者,多半还不止一个。所以,自己一定要以合适的形象出现,一定。

59

"你那些同学现在都在哪里啊？"去赴聚会的路上，穿着三天前新买的淡蓝色高领粗毛衣的摩羯座问。

"大多在文化单位吧，有杂志社、出版社的，也有和我一样当老师的。"

"你的成就算是最高的吧。"很显然，摩羯座觉得处女座哪里都好。

"哪里啊，香港那个同学就已经是杂志社的总编了，还有一个刚从法国回来，听说也混得很不错，在钻石地段置了一套不错的房子。待会到了你可别乱说话。对了，从法国回来的那个，从前还追过我呢。"处女座说来巧笑嫣然，故意气气摩羯座。

摩羯座"嘿"了一声："追过你的人哪里数得过来，最后不就是我得手了吗，估计他看到我一定胸闷得很。"

"算了吧，人家多半早就把我忘了。"

目的地是一家日本料理店，一个足可容纳三十人的大包厢早就预订好了。那家店前不久处女座还和摩羯座去吃过，离处女座家并不很远，两个人说说笑笑间，车子已经到了。

当陪衬的滋味,摩羯座真的真的很不喜欢。通常在这样的时候他都要努力地把自己的位置打拼回来。可是现在,摩羯座完全不知道该往哪里使力。所以,他只能用所有的力量,来对付面前的料理。

60

一道屏风把包厢和外面隔了开来，两张长方形的木桌上已经放好了漂亮的日本餐具。微笑，被介绍，微笑，被介绍，很快摩羯座就觉得脸上的肌肉有点酸。当生鱼片端上来的时候，摩羯座已经开始想，自己今天来到底合不合适。

也有人把自己的太太带来了，作为陪衬那几位浅浅地很有风度地笑着，安分地坐在那里，就像大家闺秀。但这毕竟是少数，处女座也没想到这一点，她看出摩羯座有些不自在，向他投去一个抱歉的眼神，但说实在她自己也不确定摩羯座是否能收到这个讯息。

摩羯座知道自己多少是受到点关注的，当处女座向她的同学介绍他时，尽管精通修辞的教授没有明说和摩羯座的关系，但摩羯座出现在这里的事实本身已经是一个很好的说明。几乎每一个处女座的同学都会细细打量摩羯座一番，要知道处女座可是以出了名的难追著称啊。

可是就像摩羯座陪着处女座逛书店时想睡觉一样，席间所谈论的话题，又或是言谈间所流露出来的趣味倾向，就像有一道无形的墙，把摩羯座挡在外面。如果是在别的场合，摩羯座完全可以悄悄地溜掉，可是现在，他只好一边小心翼翼地吃着日本料理，一边对那些他完全不懂或者一点兴趣也没有的话题报以微笑。他从未这样明显地感到与其他一些人壁垒森严，连带着，摩羯座觉得与正言谈甚欢的处女座的距离也遥遥起来，就像当初他努力追求处女座时那样。

那么多年没见到老同学，今天见面，对梁书同的惊喜还真不少。可是对于坐在他身边的摩羯座来说，除了惊之外，这时在他的心里还有许多其他的味道。可以肯定的是，这些混杂在一起难以名状的滋味里，绝对没有"喜"这种佐料。

61

"还有谁没到啊？"有人问。

然后摩羯座就听到了一个熟悉的名字。大概是同名同姓吧，他想。

"好久没见到梁书同了，不是说今天要来的吗？"旁边的处女座说。

"来了来了，不好意思，公司事情比较忙，晚到了。"从屏风的入口处走进来一个人。

那个人的目光在包厢里快速地扫了一圈，看到处女座的时候，脸上的笑意似乎更浓了些，但移到摩羯座的身上时，却愣了一愣。

"梁总。"摩羯座站起来打招呼，笑得颇有些尴尬。

"你怎么在这里？"梁书同走了过来。

"原来你们认识啊？"处女座问。

"这是我公司的中国区总裁。"摩羯座说。

梁书同看了一眼处女座，若有所悟："原来他是你先生啊，真是太巧了。"

处女座的脸红起来："还没结婚呢。"

"本来今天想让你们每人买一份我的保险，现在看来不需要我出马了。"梁书同大笑。

虽然早就把自己的专业扔在一边进入商界，对着老同学，梁书同却没有一点生疏，从文学圈到商场，他似乎都能驾驭自如。他就坐在摩羯座旁边，和席间众人，特别是隔着摩羯座的处女座，聊得非常开心。曾有着特殊关系的两个人，久别重逢，纵然物是人非，还是有许多话要说的吧。

"就算我同学是你上司又怎么样,又怎么样?"这句话就像打雷一样,让摩羯座一下子愣在了那里。距离啊,是距离。

62

"你有点不对劲哦。"

结束了聚会,大约已经过了九点。两个人走在依然喧闹的街上。

"没有啊。"

"你那点心思还瞒得过我?男人不可以这么小心眼的。"

"没有,只是觉得挺巧的。"摩羯座虽然嘴里否认,可是就算是木头人也看得出他情绪已经低落了很久了。

"今天的聚会对你来说很没劲吧,那下次再有这样的聚会你就别来了吧。"

"嗯。"

"可惜我们那帮同学不常在外面玩,要不下次你和你朋友出去唱歌的时候叫上我,你不是已经和我提过几次了吗。"

"嗯。"

"喂,就算我同学是你上司又怎么样,又怎么样,你说?"看到摩羯座阴阳怪气,处女座的脾气也上来了。

摩羯座惊讶地看着处女座,他没有想到处女座竟然如此准确地击中了自己心里最痛的那一点上,原来她一直都知道啊。在这一瞬间,摩羯座觉得非常难堪,非常难堪。

在雨中。

63

处女座走在前面，走得并不快。可是摩羯座不在她的身边，而是默默地走在她背后三步之遥。他们转进了一条幽静的小路，路灯透过梧桐树照下来，使处女座背部的轮廓格外优美，却有一丝缥缈。

离处女座的家还有近半个小时的路，可是没有谁想要叫车。

一直以来，摩羯座努力地奋斗着，为了在地位上，在心态上，在语气上，可以有至少和处女座相同的位置。可是现在，他觉得好累。

真是，好累啊。

就快要回到处女座的住处了，这一路走来，很快，又像是很慢。

天上开始有雨点飘落下来。

经过教堂的时候，钟声忽然响起，十点了。

在钟声里，处女座站住了。没有谁拉住她，处女座的步子慢了下来，然后停住。

她的身子站得笔直，因为春寒而蜷缩握起的双手，这时舒展开来，轻轻垂在两侧。

她在等着，等着。

钟声，已经响过八次了。

她在等着，等着，等着……

白羊座 的 /双层/ 世界

城市里的恋情每天都在发生,可是好运气的人却不会太多。

1

人与人之间，是如此不同。就算同样是摩羯座，或者同样是处女座，两颗心要想靠在一起，都需要太多的努力，甚至运气。

这一次的故事，是关于白羊座和天秤座。

然而，再多的不同，再深的鸿沟，总是有一些方法，也许可以穿越重重的阻隔。

当然，这个世界充满了无奈，并不是每一次的努力都会有回报，可是许多时候，我们没有别的选择。

这是一个关于勇气和坚持的故事。

一场在秋天的婚礼还没有开始,却在春天结束了。

2

一团，两团，三团，四团……

纸篓都已经快满了，可是白羊座还是不停地画，不停地把画稿揉成一团，不停地狠狠扔掉。

白羊座是一个漫画家，至少她自己是这样认为的，以自己的天分，要是可以稍稍勤奋一些，成为漫画家，铁定没问题的。不过，以她目前的情况，勉强可以说是个尚待成功的漫画职业者，这项很有前途的工作，现在只能让她勉强糊口而已。糊口的意思，就是一个月吃个一两次哈根达斯，买一两件新衣服和其他小玩意，然后就什么都剩不下来了。不过，白羊座挺满意自己的状态，至少很自由。

现在，白羊座那么拼命地画画，却不是为了赶稿子，而是因为，本想在秋天嫁掉的那个男人，昨天晚上和自己分手了。

好多的理由啊，什么要出国不知多少年才能回来，什么家里压力太大。喜欢了别的女人直说就是，干什么还要这样无聊地掩饰。

昨天哭湿了枕头，今天一清早起来，白羊座就坐在桌前画帅哥，她要画出又英俊，又有气质，胜过那个把她甩了的臭男人千百倍的帅哥来。可是结果，就是那满满的一篓废纸团。

白羊座把笔一扔，扑到床上抱着枕头放声大哭，等到终于平静下来的时候，她感觉好过了许多。她撕了一大团卷纸在脸上狠擦了几下，看着窗外暖暖的春光，决定出去逛街。

白羊座决定高兴地逛街。高兴地逛街的结果，就是现在这样子了。

3

阳光真好。阳光底下，好像每个人都很高兴，比起许多好天气里郁闷地在写字楼里干活的人，既然现在自己可以走在这里，为什么不和大家一样呢？嗯，决定了，就……高兴地逛街吧。

……

饿了。

即使在人来人往的大街上，白羊座也可以听见自己肚子发出的奇怪声音。

一大清早起来就疯狂画画，等到出去逛街，看到大店小店里的各种诱惑人的东西，早把早饭这回事忘了。一逛三四个小时，一百块的伪 LV 大包包已经明显地鼓了起来，脚也酸到不行，白羊座又不是铁人，不饿才怪。

往常逛街逛到吃饭，白羊座一般都去肯德基或麦当劳解决。不过今天她是出来换心情的，所以，白羊座决定连吃饭的地方也一并换一换。

"京都拉面馆"，好，就是这家了。

"伊拉希亚伊玛斯"，侍应生整齐划一地招呼着，其中居然还有一个正在忙着的店主模样的老头。

白羊座点了一碗招牌猪软骨拉面，然后迫不及待地把包包拉链拉开，检视一上午的战利品。不过包里的东西实在太多，刚才拉起来的时候都费了好一番力气，现在满得让白羊座连手都伸不进去。真麻烦，白羊座把包包倒过来，使劲往外面倒。"哗"，这下全出来了，还有一包弹性特别好的东西，一跳就跳到了地上。

白羊座最糗的一次,是音乐会散场的时候,转过头去看一个帅哥,结果撞在音乐厅的大圆柱子上。

4

"见鬼",白羊座习惯性地骂了自己一句。又闯了一个小祸。

小小的,小小的祸而已,掉出来一包护垫,又不是什么大不了的东西。不过,还是赶快捡起来比较好。

"砰!"桌子一阵摇晃。白羊座弯着腰钻在桌子底下,用手抚着额头,痛得眼泪都要出来了。真是太太太倒霉了。

那包不老实的"娇爽"就躺在眼前,白羊座一把抓在手里,在它的旁边有一双很秀气的淡黄色皮鞋。糟糕,刚才的糗样都被人看去了。

白羊座很小心地直起腰来,没有让自己的额头再撞上桌子。以前不是没发生过这样的状况,同一张桌子撞两次。

刚刚把护垫藏进包里,点的猪软骨拉面已经上来了。侍者托着一大碗拉面,看着台子上的一大堆东西发愣。

"怎么这家店上菜这么快,真是的。"白羊座一边在心里埋怨,一边悻悻地把一桌子的东西收进包里,这回包更鼓了,怎么都合不起拉链来。

白羊座不再去管不听话的包,在低下头去吃面之前,她偷偷看了一眼坐在斜对面的,淡黄色皮鞋的主人。

一双弯弯的眼睛好像正在冲着自己笑。"天哪。"白羊座猛地低下头去,一边把面吸进嘴里,一边心"咚咚咚咚"跳个不停。

"完了,这下完了。好帅的一个帅哥耶!"

自从和水瓶座开始以后,天秤座每次看到美人,都站得远远的,像看一件艺术品般欣赏。但这一次,没有了距离的间隔,天秤座一下子不适应起来。

5

天秤座在笑。心里在笑,他没有把笑容挂到嘴角上,因为被对面的女孩看到,是很不礼貌的一件事。

这大概是他见过的最鲁莽的女孩之一了吧。不过这个随便扎了根马尾辫的圆脸女孩,不管怎么手忙脚乱,给人的感觉,却只是有趣和可爱,不会反感。这样子的女孩,生活大概是很快乐的吧。

"嘟嘟",手机又叫了两声。不用看,天秤座就知道是水瓶座发来的信息。不管上班还是下班,只要不在自己身边,她就会发短消息来聊天。虽然自己不太喜欢这样子说话,可只不过举手之劳,想想水瓶座脸上露出的满足感,自己这一点点迁就就完全不算什么了。

天秤座挑出鸡丝面里的胡萝卜,他挑得很专心,不太敢把自己的眼睛移到别的地方去,特别是斜对面。因为从刚才开始,那个女孩就开始看他了,是让他脸上感到辣辣的那种看。

尽管天秤座知道自己长得不算很差,走在街上的时候,会有许多女生把眼睛转过来扫一扫,可是如今这样子的窘境,却从来没遇见过。他心里希望对面的女孩快快把面吃完,又希望水瓶座快快回短消息,好让他忽视对面的视线投入到短信聊天中。

叫埋单的时候，付账的时候，等找钱的时候，尽管视线一直不敢往某个方向飘，但来自那里的眼神依然可以接收到。天秤座真是有些想快快逃出去。见鬼了，他还从没有过这样背运的感觉。

6

白羊座觉得自己从来没有这样沦陷过。这辈子自己又不是没见过帅哥,怎么会像现在这样一边心乱跳一边还移不开眼睛,面的热气冒上来,脸已经发烫了。之前的那几场恋爱,不管是初吻还是自己的第一次,都没有过这样强大的威力。

刚才在对面又坐下一个秃头男人,不过没过多久,居然就自动让到旁边的桌子上去了。不会吧,自己只是偷偷看几眼而已,有这么明显吗?

"怎么办,怎么办?"白羊座一边在心里打鼓一边问自己。

对面的弯弯眼帅哥忽然向侍者招了招手。"埋单。"他轻轻说。不过还是被白羊座听见了。

怎么,怎么就埋单了,他的面还有大半碗,根本就没怎么动嘛。他埋单了,怎么办,自己也要买吗,这样子,会不会太明显了。白羊座心里几个念头一起冒出来,像个小女孩一样手足无措。

眼看着对方就要消失在店门外,白羊座一咬牙,伸手就去摸包里的钱包。可是那么乱的大包,怎么可能一下子就把钱包拿出来。幸好白羊座想起牛仔裤口袋里还有零钱,摸出一张二十元,也不等侍者找来两元的零头,拎起没完全合上的 LV 包,冲出门外。

真的要上去吗？还是算了吧……可是……决定了，犹犹豫豫的，那可不是我的风格。

7

天秤座走出京都拉面馆的时候,觉得弥散在周围的空气都是松弛的。虽然好像真的没有吃饱,但要继续坐在拥有滚烫眼神女孩的对面,还是……算了吧。反正自己的饭量也不大。

这个时候,急促的脚步声从天秤座的身后传来。

"不会吧。"天秤座忽然有了不太妙的预感。他的脚步微微一缓,立刻就恢复正常步速,准备混入到来往的时尚人流中。

向前走了十几米,天秤座心里逐渐安定,看来是自己太过敏了,要是告诉水瓶座的话,一定被她笑自恋的。他的嘴角刚刚露出一丝自嘲的笑容,却立刻就僵住了。

"喂!"清脆的嗓音在身边响起,但语气里却有着迟疑。

"嗯,有事吗?"天秤座看着面前脸通红的女孩,尽管心里颇有些尴尬,但脸上还是情不自禁地浮上了一丝笑容。

不过,女孩支支吾吾说出的一句话,却让天秤座吓了一大跳,不会吧,这样直接?

"请你……请你做我的模特,好吗?"

早上还在为失恋而流泪,现在居然可以这样,连白羊座自己也不知该怎么解释自己的行为。不过,既然真的有了感觉,就要试着把握住啊。

8

晕了，我要晕了。白羊座看见天秤座弯弯的眼睛和脸上的笑意，强忍住落荒而逃的冲动，等待着他的回音。

刚才在天秤座身后亦步亦趋地跟了好久，白羊座脑子里翻来覆去都是少女漫画中男女主角初次见面时的对话，可短短的时间里，叫她怎么找得出最佳方案来？但是不赶快的话，自己就没有开口的勇气了。不管三七二十一地开口打了个招呼，看见对方转过头来，大脑瞬间一片空白，说出来的话，和刚才的预案差了十万八千里，嘴里说着，心里却在懊悔。

"模特，什么模特，画画的那种？"天秤座问。

"哦，是的，是的。"

天秤座觉得自己的脸色有些发青，他脑海中浮起美院里模特光着身子摆一两个小时造型的画面。

白羊座额头上沁出细细的汗，她的大脑在短暂的停顿后，令人惊讶地以数倍于平时的速度运转起来："是这样的……我是一个漫画家，最近在构思一个新的本子，一直没有灵感，今天看到你，觉得我故事里的男主角就该是这个样子的，所以，请你做我的模特，很简单的，也不要摆什么吃力的造型。"

天秤座这才释然，正在他考虑该如何体面地拒绝时，白羊座已经把她的名片递了过来。

笔呢，笔呢，笔在哪里？白羊座一边笑着面对天秤座，一边伸手在包里猛抓乱搞鼓。心里不知骂了那支不识相的自来水笔多少遍。包里东西实在太多，笔还没找到，那包"娇爽"又差点掉出来，吓得白羊座赶紧把这包不老实的东西摁回去。

9

白羊座一直相信，真正的，经典的爱情一定是有着某种预兆的。就像现在，她完全不能想象，自己可以这么快从混乱的皮包里找出自己的名片夹。"这一定是个奇迹，一个为我指明方向的奇迹。"

天秤座迟疑了一下，接过了名片，然后发现白羊座明显在等着他回赐名片。

"不好意思，我是个自由职业者，所以没印名片。"这是实话，一直在谋求到欧美音乐界发展的天秤座，现在只是业余教人弹奏钢琴，所获报酬已足够支撑日用开销了。

白羊座又拿出一张名片，翻到空白的背面递了过去："那至少，你该告诉我你的名字，否则就是对淑女失礼了。"白羊座已经完全进入了状态，或者说，已经完全豁了出去，脸上露出灿烂的笑容。

淑女？天秤座心里暗自嘀咕。他接过了名片："我没带笔。"

"我有。"白羊座早就把手伸进了包里，一阵捣腾之后，终于抓到了那支水笔，像拎一条滑溜的小鱼一样，一下子就拽了出来。

天秤座很快地写下自己的名字，当白羊座拿回名片的时候，却发现那上面并没有电话之类的联系方式。

水瓶座的短信又来了。天秤座回着信,心里还在想着刚才那个大胆的女孩。他决定不把这件事告诉水瓶座,否则不知要花多少口舌来解释自己的无辜。

10

天秤座觉得女孩该知难而退了,其实他并不讨厌这个女孩,不过一来自己已经有女友,也不想做什么背叛她的事,更重要的是,眼前的女孩火辣得让自己难以招架,下意识地想要避开。

可是这时候,白羊座却像发现新大陆一样叫起来:"咦,你的手机,该不就是三星的最新款吧,我也想买一个,能给我看看吗?"

"还好吧,也不算是最新的。"天秤座对话题的突然转变有些无所适从,从腰间拿下的手机还没递出去就被白羊座伸得长长的手接收了。

白羊座飞快地按下了一串数字,听到那只不知在包里什么地方的手机响了起来,脸上露出满意的笑容,把手上的三星手机还给天秤座。

"现在我知道你的电话啦,不会生气吧。我的建议要好好考虑哦,我先走了,回头再给你电话。"天秤座还没反应过来,白羊座就飞快地跑远了。

闪进一个小胡同,白羊座靠在墙上深深呼吸,这样剧烈的脑力运动和情绪波动可是很耗精力的,正逢生理期的白羊座此时只觉浑身的力气都被抽干了,一颗心却用力地跳个不休。

"最后把电话骗到那招,真是太漂亮了,看起来,算是个很不错的开始吧。"白羊座想。

白羊座看爱情片的时候,看到男女主角思前想后怕这怕那就着急得不行,觉得实在拖泥带水,所以白羊座常常是一边看连续剧一边骂,因为绝大多数的编剧都是用白羊座深恶痛绝的方式来开展剧情的。

11

白羊座看着电脑里未完成的漫画稿发呆。其实该在纸上画更有感觉，不过画完要用扫描仪扫进电脑里，改起来也不方便，所以近来她都直接在电脑里画。不过，这一次的画稿她怎么看都不顺眼，完全没有继续画完的动力。一气之下，白羊座把画统统删掉，打算另起炉灶。

第一幅都没画完，分镜头已经改了三次，而且还是不满意。白羊座嘟着嘴把飞机抱起来，逗弄了半天，心里却想着有着弯弯眼的帅哥。

飞机是一条很漂亮的刚毛猎狐梗，拎起来的时候腿伸得笔直，就像超人在天上飞一样，所以白羊座就起了这么个名字。现在，想着帅哥的白羊座无意识地用手敲着飞机的脑壳，飞机很委屈地发出"呜呜"声，然后伸出舌头对着白羊座的手一阵舔，希望以柔情攻势化解这场无妄之灾。

白羊座缩回被舔得湿乎乎的手，不去管趁机从身上跳下去的飞机，一边犹豫着"要不要打电话去问问天秤座"，一边伸手把电话拿了起来，拨了十一个已经看过很多遍的数字。

铃声已经响了好几遍，白羊座的脸又烧了起来。中午刚刚认识，下午就打电话过去，追得这样急，只怕白痴也能猜到自己的意图，而他，可一点都不像白痴。管他的，知道就知道，又怎么了。

钢琴对于天秤座来说是一个通道,当他打开琴盖弹起琴的时候,他就完全到了另一个世界里。现实的一切,包括刚在短信里发嗲的水瓶座和中午让他落荒而逃的白羊座这一刻都被忘到了脑后。直到电话铃声把他拉回来。

12

天秤座看着来电显示，叹了口气。他盖上钢琴盖，拿着手机在屋里走了几步。心里闪过白羊座在京都拉面店里的狼狈模样，不由失笑出声。他终于把拇指从关机键上移开，又轻轻叹了口气，按下接听键。

"你好，我是，我是……"

还没等白羊座支支吾吾把话说完，天秤座就说："我知道，不过，我想我不太合适。"

"为什么，我觉得很合适啊，你很有艺术气质，和我的设定太相符了。"

天秤座默然，这个女孩，还真是坚持啊。

"喂，你是什么星座的？"白羊座决定多了解一些情况，不要逼得这么急。

"天秤座。"

"哦，是77年3月？"

"不，是80年3月。"

"啊，比我小4岁……"白羊座刚惊叹到一半，就把自己的嘴捂住，然后她就听见电话那边传来带着笑意的，让她想狠狠扇自己两个巴掌的声音。

"原来，你已经28岁了啊，倒真是一点也看不出。"

还没等白羊座想出办法挽回自己的形象，就隐约听见电话里传来一个女人娇媚的宣告声。

"我回来了！"

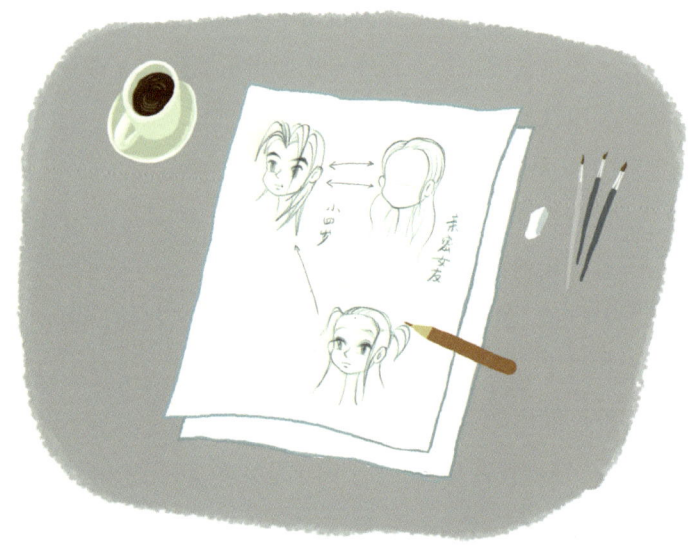

白羊座的爱情进程表。

13

白羊座觉得要糟糕了。"我回来了"可不是随随便便的人就能说出的话，而且，好像那个女人是自己进来的，也就是说，她有天秤座家里的钥匙。

不行，得想法子问问清楚。

不用白羊座考虑该如何拐弯抹角地盘问，她立刻从天秤座那里得到了答案。

"不好意思，我要挂了，我女朋友带了蛋糕让我吃呢。"

"啊，噢，那个……"白羊座觉得自己比中午的时候还要窘，脑袋里一片混乱，拿着电话不知该说什么。

"那我挂了？"电话线的那边传来轻轻的问询式肯定句，白羊座拿着电话呆了好久，终于听见了"嘟嘟"的忙号音。

白羊座垮着脸，拿出一张白纸，用铅笔几笔勾出一个Q版的帅哥头像，在旁边注明三个大字"小四岁"。想了想，又画了一个无脸头像，注明四个小字"亲密女友"。然后在两个头像的下面，这张纸最下方的角落里画上自己的大头像，哭丧脸的白羊座努力想把自己画得漂亮一点，但结果还是和现在的自己一样没什么精神。

电话铃忽然响了，白羊座精神一振，一把拎起电话，然后脸又迅速地变回原样。

"喂！稿子好了没，明天是最后的发稿期，不要再拖了好不好？"发话的是白羊座现在的衣食父母，《天下动漫》杂志的编辑。

一通电话结束，打开电脑的白羊座猛然发现，原来的半成品画稿刚才已经被自己删掉了。

啊啊啊啊啊……

蛋糕已经切好很久了,但离被吃掉还很遥远。

14

"怎么,都没在说话还要隔这么久才挂,谁啊?"水瓶座一边低头切着起司蛋糕,一边随意地问了一句。

天秤座苦笑:"一个画家,叫我去做她的模特。"

天秤座心里很清楚,水瓶座才不是随便问问,其实她在意得很。

果然,水瓶座抬起头,追问:"女画家吧,你答应了吗?"

"没有,我又不缺钱,你别吃醋了。"

天秤座走到水瓶座身边,伸臂轻轻揽了揽水瓶座的腰:"吃蛋糕吧,真美味呢。"他希望水瓶座不要在这个问题上继续下去了。

水瓶座拿眼睛瞟了瞟天秤座,或许她明白天秤座的企图,但却不打算就这样轻轻放过:"怎么会有女画家找到你的头上来?"

"偶然在路上碰到的,你又在怀疑什么啊。"

"可是偶然碰到,人家却有了你的电话。"

天秤座叹了口气,他一时也不知该如何解释白羊座会有他的手机号,他苦着脸,看着水瓶座认真望过来的眼神,知道这顿蛋糕多半是没法安安心心地享用了。

画漫画和写小说一样,都可以创造新世界。现在,白羊座的新世界已经初见端倪。

15

太阳已经烤在白羊座的屁股上很久很久。白羊座终于醒了，不是被太阳晒醒的，是饿醒的。

昨天赶了一个通宵的稿子，靠着因为天秤座喷薄而来的灵感，终于在天刚刚亮的时候收工，然后倒头就睡，现在被饿醒，是再正常不过的事。

一边饥肠辘辘地忙着洗脸刷牙泡泡面，白羊座还一边对昨晚编的故事自鸣得意。时下最流行的爱情题材，一个虽略嫌平淡但十分有趣的开头，这个名叫《梧桐馆的爱情》的连载漫画，应该可以吸引读者期待下一期吧。

故事是在某所大学边一个叫"梧桐馆"的连锁咖啡厅里发生的，女主角阳实在受不了学校里的伙食，在一个中午跑到梧桐馆享受鳕鱼套餐的时候，遇见了白马王子兼同学的林。没想到新买的连衣裙背部的拉链竟然裂开，让阳站都没法站起来。素不相识的林解下身上的夹克，递给阳后飘然离去。

在设计拉链裂开这个情节时，白羊座犹豫了很久，因为那实在是太像自己了，最终白羊座决定，既然已经把林画成了弯弯眼的帅哥，索性就让自己好好自恋一把。不过，林有一点和天秤座不太相同，就是害羞。一个害羞的男孩，该是很容易就会在以后被阳搞定吧，既然已经开始自恋，就把它进行到底吧。

门铃响了。

白羊座把剩下的几根面条"嗖"地吸进嘴里，看了一眼自己衣冠不整的样子，嘴里嘟囔了一句"谁啊"，却不高兴再换衣服，把门打开的时候，却不是猜测中来收水费的邻居老太太，不由微微愣了一下。

第二天,阳拿着洗得干干净净的夹克,在梧桐馆里坐了很久。她从中午11点等到3点,还是没看见林的身影。

16

站在门外的是一名着装整洁的快递员，帽子上的英文标识好像是一家国际快递公司。签收完毕后，白羊座拿到一个纸盒子。

是从比利时递过来的东西，一定是表姐。

"包得这么好干什么。"白羊座心急火燎，找不到正确的拆包方法，也不高兴去拿剪刀，就这样用蛮力撕扯着。

真是太 SURPRISE 了，居然是来自比利时的极品黑松露巧克力！

虽然满嘴都是红烧大排面味，白羊座还是忍不住咽了口口水。她在撕包装的时候发现了表姐附的一张纸条："给你的惊喜。"多体贴的表姐啊，知道自己爱吃甜食，更重要的是，自己怎么吃都不会胖，可以放心大胆享用。

白羊座自言自语的嘀咕，其实是不能完全相信的，准确来说，白羊座应该是怎么吃都不会太胖，一米六三的身高一百零二斤，只能说比较健康而不是苗条。

白羊座正准备用尖尖的犬牙把巧克力的包装咬开，却忽然停住。她想起了昨天天秤座女友带回的蛋糕。

给天秤座带蛋糕回来，那说明天秤座爱吃甜品。一样是甜品，可是自己这个，却要高档得多呢。嗯……要不要……可是好心疼呢……

到底是好吃的黑松露巧克力重要，还是弯弯眼的天秤座重要，白羊座很快做出了选择。

白羊座望着桌上的黑松露巧克力,痴痴地想:可爱的黑松露啊,你就要不属于我了,天秤座呢,你什么时候能属于我?

17

手机响了。天秤座看了一眼显示屏,秀气的眉毛皱了起来。怎么这个女孩还没放弃呢?

"喂?"

"又……打扰你啦,嘀嘀,哦,我是白羊座。"

天秤座叹了口气:"我想过了,我不太喜欢被人摆弄姿势,所以我想我不适合做模特。"

"我只想让你做我的原型,并不会要你做特定姿势,也不会摆弄你,上次我已经说过了,只是希望你能够带给我灵感。"

"哎,我也不缺钱……"天秤座很头痛,他觉得自己已经很清楚地在拒绝了,怎么对方却像完全听不懂的样子。

"我想你也不缺钱……"电话那头的声音急急忙忙地解释。

天秤座露出了微笑,这回总没有话可说了吧。

那边几番欲言又止,终于还是把话说了出来:"不过……黑松露巧克力怎么样,喜欢吃吗?"

天秤座心里微微一愣,随即明白过来,昨天自己告诉她水瓶座带了蛋糕回来,她就猜出自己喜欢甜食。还真是有些意外,这个女孩给自己的印象,可不是这样子细心的呢。为了接近自己,看来动足了脑筋,还真是难为她了。想到这里,天秤座微微笑了起来。

穿过枝蔓,阳注视着远处树影里林失落的脸庞。现在就过去吗?她有些犹豫。

18

"喂,到底怎么样啊。"听到电话那端传来的轻轻笑声,白羊座觉得自己仿佛被完全看透了,脸上挂不住,顿时恼羞成怒起来。

"这个吗,我的胃口可是很大的,没有一年份的黑松露,是请不动我的。"沉默了良久,白羊座听到了令自己欣喜若狂的答复。

"没问题。"白羊座才不管天秤座所说的"一年份"到底是多少,更无暇考虑自己到哪里去找这么多的黑松露巧克力,先满口答应下来再说。

心花怒放地放下电话,白羊座实在是忍不住,一个人在屋子里笑起来。她拿出纸、拿起笔,以最高涨的热情,开始创作下一期的《梧桐馆的爱情》,提前干活,这可是白羊座从未有过的。

阳每天都去梧桐馆等林,要把夹克还给他。一天天过去,阳越来越心疼,因为再这样下去,她花在中餐上的钱,就快可以再买一件夹克了。可是林一直没有出现。

在学校的小河边,阳终于看到了林,和他身边的漂亮女孩。女孩扇了林一个耳光,生气的话语连阳都能听见:"我给你买的夹克,就这么掉了?"红着脸呆看着女孩远去背影的林,连走到身边的阳都没有发现。

白羊座一边笑一边画。"吵吧吵吧,旧的不去新的不来,属于阳的爱情就要开始了,属于我的也是。"

那天天秤座没有找到被扔下楼的毛毛熊,毛毛熊躺在密密的草丛里,等着被人捡去,或者被垃圾车车走。不管是谁,幸福的时光总是短暂的。

19

天秤座自己也没有想到，居然会答应白羊座。

如果昨天，水瓶座没有好一顿大吵，搞得自己连品尝起司蛋糕都没有了心情的话，刚才还会态度一百八十度大转变，仅仅因为黑松露就答应做模特吗？

天秤座在钢琴上的天分，让每个教过他的老师都赞叹不已，特别是他敏锐的洞察力，可以觉察到一般钢琴手所无法发现的细微之处，并通过他修长的手指极为细腻地将曲子完美演绎。只是他和大多数人一样，始终在等候一个机会，尽管几乎人人都说他前途无量，但现在他还默默无闻，并且不知还将默默无闻多久。或许，如果可以出国发展的话，情况会有所改变。

这样子的一个人，你很难想象他发起怒来，是什么样子。事实上，天秤座和水瓶座在一起以来，也一直是只见水瓶座发飙，而天秤座默默听着，从不回嘴。水瓶座把杯子摔碎了，他会拿着扫帚扫干净，把毛毛熊扔出窗外，他会叹一口气，跑到楼下去拾。昨天水瓶座没有扔东西，天秤座当然更没有回嘴，只是试着解释了两句，却让水瓶座摔门而去。

天秤座担心水瓶座会大闹，所以一直不敢答应白羊座，可没想到即便没答应，水瓶座也是一样闹。之前天秤座不论做什么事情，总是会想着水瓶座的感受，但是水瓶座始终气势汹汹，天秤座在心底里，却也不是总能甘之如饴。

自己这次答应白羊座，水瓶座一定想不到。不过，难道自己事事都要被水瓶座预料和掌握吗？偶尔，偶尔的一次意外，也不错。

想到白羊座，天秤座的嘴角又勾起了一丝微笑。

白羊座的家里现在很干净了。可是如果那个壁橱的门不幸被拉开的话,就会有火山一样的东西喷出来。

20

白羊座使劲地望着窗外,头扭得脖子都酸了。楼下来来往往的人,天秤座到底什么时候来?

离约定的时间,还有二十分钟。

一清早,白羊座就狠心钻出热被窝,精心打扮了两次。第一次打扮完,照了半天镜子,觉得痕迹太重,所以重来,在随意和自然上大下工夫,等到终于满意,却花了比此前多两倍的时间。然后就是大扫除,白羊座一边清扫一边汗颜,一个女孩子住的地方,怎么会这么脏。所以,等房间里面貌一新的时候,白羊座的脸又花了。

一切都安排好,午饭的泡面吃完,白羊座就开始坐在窗口旁张望。和天秤座约的时间,是下午两点。

一个熟悉又陌生的身影出现在白羊座视线里。白羊座猛地把头缩回来,心跳急速上升。

"叮咚",期待中的门铃终于响了。

"我应该矜持一些,等一会儿再去开门。"这样想的时候,白羊座的脚却已经迈开步子,连跳带跑地蹦到了门前。

门"嘎吱"打开的时候,白羊座终于又看见了那一双弯弯的眼睛。

　　飞机把头转向白羊座,又转向天秤座,再转回来。它觉得自己的主人一定有什么企图,不过主人的喜好实在太复杂,不像自己只有两种——好吃的骨头和漂亮的狗MM,所以就没办法进一步判断了。何况天秤座身上暖暖的温度和好闻的气味让它越来越想睡觉,懒得再动脑筋。

21

"飞机,过来。"白羊座招呼飞机见客人。

飞机摇着尾巴冲了过来,很贴主人心地围着帅哥的脚边打转。白羊座满意地笑了起来,这条小狗平时可不是这么好相处的主,看到不顺眼的,就一阵乱吠,直等白羊座作势要打才会乖乖缄口。

人的鼻子总是比狗差很多,一阵淡淡的须后水的香味沁入白羊座鼻子里的时候,她才明白飞机为什么这么热心,这只狗是完全的"气味主义",和白羊座的"外貌主义"异曲同工,遇见好闻的人就完全没有抵抗能力。

"真可爱的狗,"天秤座脸上露出一丝微笑,"那么,接下来我该怎么做?"

"什么怎么做……哦,没关系的,其实只要很自然地聊天就好了,我需要从你这里获得灵感来作画,所以,通过聊天让我们彼此更了解就可以了,嗯,你所要做的,就是让我尽可能地多熟悉你,直到我独自画画时,一落笔就有你的神韵在。这可是很有境界的绘画方式哦,比一般呆呆地照着样子画高级多了。"即便以白羊座在某方面的神勇,说完这一段话也不由老脸微微发红,眼神却紧紧盯着天秤座。进了家门,上了贼船,你难道还能说跑就跑不成?

感觉到当天京都面馆里的火辣眼神再现,天秤座不由得借着抱起飞机的动作避一避风头,同时开始怀疑自己冒大不韪跑来当这个"模特"的决定是否明智。

飞机热烈地舔着天秤座手的时候,一问一答的游戏开场了。

"真巧啊,这段时间我拿着夹克在学校里乱跑,就是找不到你,那天真是太谢谢你了。""没什么的。"不知是不是想起了那天阳背上露出的光洁肌肤,林的脸又红了起来。"他脸上的红印子还没褪呢,要不要问他那个女孩的事?"阳心里想了很久,终究没能问出来。她的胆子,离白羊座还差一点点。

"喜欢看什么片子呢?"

"文艺片或者爱情片,我很大众的。"

"是吗,我还以为你只看高深的艺术片呢。《黑客帝国3》看过吗,很棒的片子呢。"

"这倒没看过。"

"其实在电影院看更好的,嗯,要么,下次……"白羊座看了看天秤座的表情,斟酌了许久,终于决定不要太激进,免得把天秤座吓跑了,"下次我买《黑客帝国3》的DVD,我们一边看一边聊吧。"

天秤座松了口气:"好啊。"

白羊座笑了,大大的眼睛快要眯成一条线。天秤座笑起来的时候,眼睛会弯得更好看,可惜天秤座没有笑,事实上,他今天笑的时候并不多。

"你……似乎不太高兴啊,有什么事吗?"白羊座终于还是发现了。

天秤座叹了口气:"我和我朋友吵架了。"

白羊座眨了眨眼睛:"是因为我吗?"

"她不想让我来你这里做模特,今天早上大吵了一架,连我盖的毛毯都被她从五楼扔了下去。"天秤座苦笑,有一点他还没说,要不是他阻止,愤怒的水瓶座会把毯子点着火以后扔下去。

白羊座吓了一跳:"那那那你多哄哄她啊,要不你早点回去,买点她喜欢吃的,女孩子要哄的,哄哄就没事了。"掌嘴,真该掌嘴,白羊座一边说一边懊悔。

天秤座有些意外,他没想到白羊座会说出那些话。不过想起她说完的奇怪表情……真是个不错的女孩,天秤座微笑着发动了汽车。

23

"哗啦。"白羊座把头从水里抬起来,用力甩了甩,水珠四溅,几缕湿漉漉的头发还搭在前额。

"真是见鬼了,我干嘛要说那些?"白羊座看着空荡荡的客厅,想起刚才天秤座在她的劝说下早早地回家哄水瓶座去了,可是原本,在白羊座的计划中,还包括了双人晚餐呢。

自己是个大嘴巴没错,但这次居然离谱到了自己头上,说话怎么就这么不经过大脑。更让白羊座想抽自己耳光的是,刚才明明已经知道不对,可是还是管不住自己的嘴巴,呼啦啦说了一大堆,直到天秤座应她之"请"离开。

热心热到了这个份上,还真是无话可说。

不过,垂头丧气可不是白羊座的一贯作风,一边拿起笔一边心里想着天秤座开始工作的时候,白羊座又开始兴奋起来。几笔下去,"林"的形象就跃然纸上,比昨天画的,又多了几分飘逸的神采风姿。

不管怎么样,今天有一个很好的开始。天秤座临走前微微有些惊讶的眼神,让白羊座确信,自己好歹给对方留下了好印象。

可是,接下来的几天里,白羊座却有了很不好的预感。因为她找不到天秤座了,手机始终处于关机状态。白羊座整天心烦意乱,草稿画了无数,却连一张让自己满意的正稿都没有。她只有把所有的希望寄托在这个星期五的下午,那一天,是她和天秤座约定的第二次见面时间。

希望,他是个守信的人。

天秤座和水瓶座静静地走在云栖竹径。微雨，人格外少。虽然不远的灵隐寺也是一样空灵。但朝香的人实在太多了。"我们很久没有这样了。"水瓶座说。天秤座微微点头，他停下来，倾听溪水音乐般地流淌着。尽管水瓶座常常吵得很，但这种时候，她很明白该怎么做。

24

昨天晚上,直到十点的时候,天秤座的手机还是关机。白羊座趴在窗口向下看,一颗心却一点一点沉下去。

已经两点了,街道上熙熙攘攘,却看不见等待的人。

这么快吗,这一段邂逅就要结束了吗?白羊座的眼眶里已经有水珠在打转了。

"叮咚。"

来不及作任何猜测,白羊座就冲到了门口,透过猫眼向外看了三秒钟,就"哇"地叫了起来。

怎么会,刚才自己明明看着门口的,居然没看到他走进来。大概是看得时间太久了,眼睛都花了。

白羊座连忙开门,却发现眼睛里已经有东西流淌出来,连忙用手擦干,整理了一下心情,这才把门打开。

"怎么了,眼眶有点红,该不会是以为我不来了,所以就哭鼻子了吧。"天秤座很舒适地坐在沙发上,一边逗弄着跳到身上的飞机,一边说。

"去你的。"白羊座心慌意乱,一时间竟找不出有力的词句还击过去。看样子,今天天秤座的心情比上一次好多了。

那时,在一个破破的琴房里,天秤座弹奏着曲子。或许手法还有些生疏,水瓶座在旁边痴痴地坐着,微笑着。从窗户里透进的阳光,渐渐地淡成绯红色。这样的时光,没有人能从记忆里抹去。

25

"前两天和水瓶座到杭州去了,想清静一下,所以就把手机关了,直到昨天晚上才回来,你打了好几次吧,真不好意思。"还没等白羊座问,天秤座就把前两天的状况解释了一遍。

白羊座的心立刻沉了下去。

"你们……合好了吗?"

"是啊,其实她三天两头要吵的,只是这次吵得凶一点而已。跟你说的一样,哄哄就没事了,这次哄到了杭州去,呵呵。我们就住在灵隐寺旁边,山清水秀,晚上清静极了,日子过得像神仙一样。"

"你……对她很好啊,她都那么凶。"白羊座说得很小声,现在再挑拨离间,不知能有多少效果。白羊座的嘴唇抿得紧紧的,天秤座就在她面前说另一个女人的好,虽然自己现在其实一点说三道四的资格都没有,但却完全阻止不了心里狂涌而来的酸涩。

天秤座看着白羊座的表情,他觉得应该多告诉面前这个女孩自己和水瓶座的事。

所以,这一次,他们没有像上次约好的那样,看特技效果超好的《黑客帝国3》,而是由天秤座慢慢地说着他和水瓶座的故事,说他是怎样因为离异并且分赴国外的父母而颓丧,又是怎样在水瓶座的陪伴下走过那段不堪回首的情绪低落期,重新开始弹琴。

天秤座的脸上荡漾着神采,白羊座看得出,他和那个脾气暴躁又超爱面子的女人,有着数不清的幸福时光,所以,她的心不断地往下沉、沉、沉。

每天早上,阳都是寝室里起得最晚的一个。因为她从梦中醒来,总是痴痴回味着,不愿早早回到现实中。阳决定行动了。她要试一试,那个为了一件夹克就打林耳光的恶女人,有什么资格和林在一起?

26

阳把夹克还给林之后,又有很长一段时间没有看见他。因为那一天林很伤心,心情很坏,没什么精神和阳说话,当然更没有留下联系方式。阳很想再和林见面,所以,很多天晚上,她都看到了林,在梦里。林就坐在河边,淡淡地笑着,望着阳,可是阳却觉得他是在看自己身后的某个人,好像自己不存在一样,林的目光穿透了她的身体,聚焦在身后的某处。醒来的时候,阳知道自己恋爱了,但她也知道,林现在正喜欢着的,是另一个女人。

画完这一段,白羊座撕下一大叠卷纸,擦干眼泪和鼻涕,团成一团扔进纸篓。她知道,自己和天秤座之间,怕是只能在故事里继续了。

下午听完天秤座和水瓶座的故事,白羊座就把一切都交待了。从刚看见天秤座时"咚咚咚"的心跳到让天秤座当最高境界模特背后的险恶用心。天秤座只是笑着,因为他早已知道。

"算了,就和你做朋友算了,不过,得是很好很好的朋友那种哦!"

"好的,一年份的黑松露就饶了你,就当是帮朋友。"天秤座显得很愉快。

是愉快,那种幸福的神情,白羊座只在他谈到水瓶座的时候,才看得见。

"只好退出了。"白羊座笑着对天秤座说。可是她的心里一直痛到了现在,而且不知还要痛多久。

"哎,明年春节的时候,该到你家过年了吧。"水瓶座说。"啊。"天秤座正准备去洗澡,在进浴室前应了一声,他知道水瓶座是什么意思,只是对这件事他还没完全想好。

27

横穿过大半个城市,从杂志社回到家,白羊座的脸上被糟糕的空气蒙上一层淡淡的灰。

从前,刊有自己作品的杂志出版的时候,白羊座一点都不着急,安安心心地等着杂志社把杂志寄给她,拿到手的时候,看别人的漫画倒很上心,翻到自己那里,眼睛一溜就过去了。可是这一次不同,这期的《天下动漫》上,有第一期的《梧桐馆的爱情》。编辑说了,要是读者反映好,下一期继续,否则就枪毙换新作品。白羊座可不想自己精心炮制的虚幻世界也和现实一样失败。

从杂志社到家,要换两辆公交车。站在车上的时候,白羊座把那十页《梧桐馆的爱情》翻来覆去地看,而且故意把杂志摆在旁边的人很容易看到的角度。她发现有许多人的眼睛都瞟了过来,她美滋滋地一页一页翻,好让这些免费观众可以在下车前把这期故事看完。

刚倒在舒服的沙发上没多久,白羊座又忽然跳起来,飞快地拨通了天秤座的电话。不是手机,是家里的电话,变成朋友以后,天秤座很爽快地把家里电话告诉了白羊座。

"感谢我吧,你就要变成千万无知少女的偶像了。"白羊座已经想好和天秤座说的第一句话。

可是……

"请问找哪位?"

见鬼,居然是水瓶座接的电话。

读初中的时候有个男同学抢了白羊座的自来水笔不还,白羊座当场抓起铅笔盒就砸得他鼻子冒血,自那以后就再没哪个同学敢欺负这个看似可爱的女生。如果水瓶座就在面前的话,下场一定比那个男生更惨,可惜……现在被吓到的只有飞机。

28

"哦,你就是那个画漫画的吧。"出于女人的直觉,水瓶座立刻就猜出了白羊座的身份。

白羊座胸口一堵,对方的语气让她很不愉快。

"啊……"白羊座刚发出一个音节,就让水瓶座用话堵了回去。

"找天秤座吧,可是,他在洗澡呢。"水瓶座把"呢"字拖得老长,白羊座的鸡皮疙瘩都要掉下来了。

"有什么事,和我说也是一样,忘了告诉你,我们下个月就要结婚了。"

白羊座一辈子没被人这样欺侮过,手里的杂志快被捏烂了,一句话都说不出来。

"结婚的时候大概要摆四十桌吧,要请的朋友实在太多,所以有些人只好不请了,你……"

"我不会来的。"

"那我就和天秤座说你不来了,还有啊,最近我们都在忙结婚的事,可能没什么空,没什么要紧事的话,就别打过来了。"

"喔!"白羊座狠狠挂上电话,心里郁闷得要死,顺手就把电话机砸在地上。飞机呜咽了一声,远远逃开。

死女人!死女人!死女人!死女人!!!

天秤座和她,怎么可能会幸福嘛!

　　天秤座自己也没想到会发这么大的火,可是怒气从胸口直冲上来,挡也挡不住。水瓶座怎么会变成这个样子?天秤座忽然念头一闪,水瓶座是个相当敏感的人,难道她已经从白羊座那里感到威胁了?

"你在和谁说话?"天秤座从浴室里走出来。

"哦……没什么,打错了。"水瓶座笑着说。

"可是,我怎么好像听见你在说结婚什么的。"天秤座疑惑地走近。

水瓶座呆了呆,她没想到天秤座的耳朵这么尖。这下子有点糟糕,还不如刚才就老实坦白,不就是那个漫画家的电话嘛,有什么可避讳的,真是失策,但是现在该怎么说?

还没等水瓶座想清楚要如何圆谎,天秤座已经看到了电话机上的来电显示。水瓶座很少看见天秤座的脸沉下来,现在她看见了。

"你和她说了些什么?"

水瓶座撇了撇嘴:"我说我们快结婚了,叫她别再打过来。"

"你怎么能对我的朋友这样说话?"天秤座的声音罕见地响了起来。

水瓶座没想到一直顺着她的天秤座忽然为了一个刚认识的女人给她脸色看,眉毛顿时竖了起来:"我怎么说话了,难道你不打算结婚了,那你把我当什么,这个女人什么心思我会不知道,我可没那么笨!"

"不管我们结不结婚,以后你都不能再这样对我的朋友,这是两码事。"天秤座沉着脸,拿起电话往白羊座家里拨,但始终是忙音,手机也处于关机状态。等天秤座失望地放下电话时,"砰"的一声大响,水瓶座已经摔门而去。

晚上十一点半了。校门已经关了。阳和林还在学校旁边那条种满了梧桐树的小道上走着。这样的寂静里,林也平静下来,他开始听阳讲她自己的故事。这个才见了几面的女孩,让林感到温暖而亲近。

30

阳从来都没觉得，原来大学的校园这么大，大到整整三个多月，她都没有再遇见林。阳现在非常非常穷，因为她隔三差五就到梧桐馆吃饭喝茶，当她看着对面的空座位发呆时，觉得自己正无可救药地迷恋着一个幻影。所以当有一天，她看到一个身影坐在靠窗的位子上，呆呆地看着窗外时，情不自禁地揉了揉眼睛，才能确定这不是她眼花产生的错觉。

处于失恋痛苦的林显得失魂落魄，对阳这个还很陌生的听众，失控地倾诉着。"她离开我了，离开我了。"林流着眼泪。阳默默地听着，对心仪男孩的失态略有些手足无措，但心底里，希望却难以抑制地跳跃起来。白马王子大拯救，阳渐渐有了一个完整的计划，打着心理重建的旗号，处于不设防状态的林实在是太容易入侵了。

已经是凌晨四点了，但白羊座还是睁着布满红丝的大眼睛画着画着。现实里的一切可能，已经随着被她从手机里删去的电话号码化为乌有，从现在起，她不要任何与天秤座有关的东西，除了《梧桐馆的爱情》。一段已经结束了，那么另一段就要开始，在这一段里留下的种种遗憾，只有在另一段里去弥补。

一定要做到完美，一定。白羊座睁着通红的眼睛，继续沙沙地画着。沙沙沙。

　　当初下决心放弃的时候,白羊座就发誓要让《梧桐馆的爱情》有一个大大的喜剧结尾,可是当她现在坐在京都拉面馆,看着外面红男绿女人来人往,怎么也找不到喜剧的灵感。

31

白羊座用力握着电话听筒。这个电话是新买的,旧的早就被她摔坏了。现在她握电话的用力程度不比受水瓶座气的那次轻多少,不是因为忿怒,而是期待。平生头一次,以近乎接受审判的心情,期待着。

电话的那一头,是《天下动漫》的编辑流沙。

"第一期《梧桐馆的爱情》的读者回音是这样的,许多读者来信说,这个漫画从第一期来看,故事实在不怎么样。"

"哦……"白羊座的心立时就沉了下去,这样看来,这部有史以来倾注了自己最多心血的漫画就要被枪毙了。

"不过,几乎所有来信的读者都说,男主角林的形象实在是棒极了,已经有许多女孩说自己被迷住了。所以,下一期请继续,不过在故事的构架上,要多下点功夫哦。"

"好……的。"

"给我一碗猪软骨拉面。"接了流沙的电话以后,白羊座就拎起大包冲到街上去购物,逛了一会儿,看见京都拉面馆,不知不觉走了进来。

白羊座很难说清自己的心情,那种喜悦和失落混在一起的复杂,让她在逛街的时候完全心不在焉。读者认可了《梧桐馆的爱情》,是因为"林",因为倾注了自己对天秤座的感情,而创造出的"林"。两个月前,也是这个时候,中午十二点半,天秤座就坐在自己的斜对面,而现在,那里坐着一个正对着小圆镜补妆的美女。

"再发呆的话,你的拉面就糊了。"温和的声音从身边传来。

刚看见白羊座的时候,天秤座犹豫了一下,一瞬间他心里闪过从店里退出去的念头。可是一种连他自己也说不清的情绪使他走到离白羊座很近的位子,坐下,看着这个发呆的女孩。

32

天秤座也没想到,会在这里看见她。

这段时间天秤座的情绪很低落,以至于完全没有心情再打电话给白羊座。而水瓶座,上个月还和自己谈婚论嫁的水瓶座,在大吵了几次之后,居然主动提出了分手。想到从前两个人在一起的日子,真是让人恍惚得有着不真实感。直到现在,天秤座也分不清,自己对水瓶座的感情,究竟是爱情多一些,还是感恩多一些,为什么现在分手了,心里更多的是深深的歉意,而不是痛楚。

刚才,走到京都拉面馆门外的时候,天秤座禁不住想到,要是两个多月前,自己没有踏进这家面馆,现在的生活会是什么样子。一边想着,一边就走了进去,然后,和两个多月前一样,一眼就看见了她。

天秤座一直走到白羊座的旁边坐下,白羊座都没有发觉,顺着白羊座呆呆的眼神望去,是一个正在补妆的女子。天秤座心里一动,那一次,自己就是坐在那儿的吧。

白羊座面前那碗猪软骨拉面雾腾腾的香气,已经飘到了天秤座眼前。这股雾气似乎沁进了天秤座的心里,他模模糊糊的,有些无所适从。

听见他的声音,女孩猛地转过头来,眼眸里一瞬间闪起的光亮,让他几乎要躲开。

"好久不见了。"天秤座看着白羊座的眼睛,慢慢地说。

"好久……"白羊座猛地低下头去,"哗哗哗"地吃面。她需要一点时间来缓和一下自己的情绪,该说什么话,她一点主意也没有。

天秤座招手叫来侍者,点了一份招牌拉面,然后看着低头狂吸拉面的白羊座,沉吟了一会儿,说:"上次你打电话来,我没接到,她说了许多很对不起你的话,后来我想打电话解释一下,却打不进来。"

白羊座没抬头,含混地说:"没关系的,反正你们就快结婚了,老婆代老公接个电话,有什么大不了的。"

看见白羊座这么灿烂的笑容,天秤座当然也只好笑。可是他知道,在自己心里还有水瓶座的位置,那么多年的交往,没那么容易忘记。

天秤座沉默了一会儿,说:"我们……已经分手了。"

白羊座一下子抬起头来:"真的吗?"

天秤座点了点头。

"怎么会,你们不是在准备结婚吗?"

天秤座看着白羊座努力想要遮掩什么的奇怪表情,叹了口气:"你要是想笑的话,就笑好了。"

明明知道很不应该,可是白羊座的笑容还是像开了闸的洪水一样,一下子就扑到了整张脸上。

"我道歉,我不该幸灾乐祸的,但是,但是,"白羊座把脸一板,严肃地说,"我要正式追你了,单身汉。"

天秤座用手指了指白羊座的嘴角。白羊座迅速伸出舌头,把那缕面条扫进嘴里,又笑了起来。

阳要让林从失恋中走出来。她带林去城市最高的地方，扶着栏杆向下俯瞰。"站到这里，好像拥有了整个世界一样，谢谢你。"林对阳说。"可是我只要拥有你。"阳只用自己听得见的声音轻轻说。

34

以要送天秤座第一期《梧桐馆的爱情》为由,白羊座很顺利地就把天秤座拉到了家里。

"编辑说我的故事烂透了,可是,男主角的形象却很棒,就是你啦,许多女孩迷你呢。"

"是你画得好。"天秤座翻着杂志,脸上露出笑容。

"反正,我的故事有人要看,就是因为有你做模特,所以,你就继续当我的模特吧,否则我的灵感就要枯竭了,你也不希望我连载到一半就被人踢下来吧。"

这一次没有了水瓶座的阻碍,天秤座毫无拒绝的理由,爽快地答应继续这个曾经无限期中止的工作。

"光在我家里可不行,要让我更了解你,得多到你家去,好朋友嘛……"白羊座看了看天秤座的脸色,好像没有当场拒绝的意思,立刻就继续了下去,"还有啊,光聊天多没劲,你逛街吗,看电影吗,泡吧吗,郊游吗……"白羊座源源不断地报出了一大堆的项目,最后总结,"这叫立体式地塑造一个人物……"

"境界是很高的。"天秤座顺口替白羊座把话接了下去。除了苦笑,他还能再干什么?

　　白羊座摸着自己发烧的脸,听着厨房里锅碗瓢盆发出的叮当声,暗下决心,反正已经拉下脸皮了,下次再有机会,就抱得紧一些,不让他这么轻易就逃走。

35

阳觉得,在她的生命里,从来没有一个月这么阳光。她带着林去见识这个城市的精彩,帮助林从失恋中走出来,然后,两个人就再自然不过地走到了一起。阳最喜欢去的地方还是梧桐馆,她喜欢坐在有阳光的地方,静静地看着林,直看到林笑着刮她的鼻子。终于要毕业了,阳和一直实习的报社签了合同,林也找到了一家很不错的电子设备公司。轻轻地,阳吻着林,心里的甜蜜,让她几乎无法呼吸。

"收工了。"白羊座把笔扔掉长吁一口气,"怎么样,你觉得怎么样?"白羊座问站在旁边看她画的天秤座。

"这……人物画得很漂亮。"

"我知道人很漂亮,特别是'林'很漂亮,"白羊座的眼睛紧紧盯着天秤座,"我是问,故事怎么样?"

像这种赤裸裸的信号,这些天来白羊座已经愈挫愈勇地发过好多回了。

天秤座的眼睛笑成弯月:"故事啊,很老套哦……"

白羊座一下子跳到天秤座身后,鼻子里发着"哼哼"声,死命地掐天秤座的脖子。

天秤座轻轻地挣了挣,不是因为白羊座摁在脖子上的小手,而是白羊座借势贴在他背上的火热身体。

"投降,投降。"天秤座脱出身来,不敢看白羊座通红的脸,"我去烧晚饭,我的手艺很好的。"说着闪进了厨房。

心情好的时候逛街,心情不好的时候也逛街,反正白羊座就是喜欢逛街。逛进一家小饰品店,里面的东西奇奇怪怪,全都是从西藏搜罗来的。"这个怎么样,受了高僧加持,锁得住男人的心哦。"吉普赛女郎装扮的店主指着一个钥匙圈推荐道。

36

"你吃得还真是慢啊。"天秤座早已放下饭碗等了许久。

自从天秤座烧了第一次饭开始,每次白羊座来天秤座家都强烈要求天秤座亲自下厨。由于勤奋作画的白羊座几乎每天都会来,怎么让菜式每天都不重复成了令天秤座严重头痛的问题。

"因为你烧得太好吃了嘛,不慢慢地慢慢地品尝怎么可以。"白羊座夹了一块目鱼大烤,送进嘴里奋力地嚼着,含糊地说,"反正是我洗碗,你就让我多吃点,多吃点,吃不胖的。"

忽然想到什么,白羊座把筷子一扔,拎过自己的包包就开始翻找。

天秤座又开始皱眉,用正在吃饭的小油手翻包……

"吃完饭再找吧。"

"找到了。"白羊座从包里拎出一个金光闪闪的……钥匙圈,"送给你,今天上午买的,对你厨艺的奖赏。好看吗?"

"好看好看。"天秤座接过,说,"你快吃饭吧。"

"哦。"白羊座乖乖坐回饭桌前,忽地又回头说,"送了你东西,要奖励的哦。"

天秤座笑了:"听我弹琴是吧,没问题,反正我每天都要练的,等你吃完饭洗完碗。"

"我要听那首,就是上次你弹过的,叫……叫……什么大调……"

"是肖邦的降 E 大调夜曲啊,连今天,你已经问过三次了。"

喜欢你。喜欢你。喜欢你。

37

　　白羊座静静坐在天秤座的旁边，看着天秤座的侧面和他在琴键上灵快闪动的双手，澄明安详的声音就这样流淌出来。她难得有这么安静的时候。

　　"真希望琴声永远不要停下。"白羊座在心里默默地想。

　　最后一个音符已经在屋子里袅绕了许久。

　　曲子刚刚结束的时候，白羊座轻轻地说："喜欢你。"

　　说得很轻，轻到刚刚够天秤座听见。

　　这段日子里，白羊座说过许多类似的话"最喜欢你啦""真是太喜欢你了"，那是笑着的用肆无忌惮的语气说出来的，天秤座可以装作没听见。但这一次不同，他知道，她在等着他的回答。

　　天秤座慢慢地合上琴盖。这些天来他过得很轻松，很快乐，甚至胜过和水瓶座在一起的时候。但是，他还不太能够确定……

　　……

　　"我就要出书了呢，杂志社说，我的作品反响越来越好，愿意帮我联系出版社，出连载漫画书。"

　　"是嘛，那太好了，祝贺你。"天秤座终于回过头来，他瞥见了白羊座脸上在堆起笑容前，那掠过的一缕失落。"明天，我们去郊游吧，我知道一个好地方。如果你有空。"

　　"耶！"白羊座跳起来。

等了好久,天秤座终于看到白羊座扛着大包小包冲下来。"她一定还有什么东西忘带了。"天秤座想。

38

"嘟嘟。"

白羊座从窗口探出头,下面天秤座的POLO小车已经到了。

"等一等,就下来了。"

白羊座把看见的东西一股脑儿往包里塞,防晒霜、薄荷膏、蚊不叮、塑料台布、饼干、薯片。大包很快就鼓了起来,白羊座一把抓过一个塑料袋,继续往里塞东西。

白羊座的速度飞快,她只让天秤座等了二十分钟,就拎着一个皮包和两个塑料袋,背着一块大画板跑下了楼。把包一个个递给天秤座的时候,她自己也有些不好意思。

"哇!"车开出一百米远的时候,白羊座忽然叫起来。

天秤座微微减慢了速度,苦笑着转头问:"是不是还有什么东西忘带了。"

"算了。"犹豫了半天,白羊座决定放弃。她的生理期算来这两天就该到了,昨晚临睡前还惦记着要把卫生巾带好免得出洋相,刚才一急就忘了。希望今天别来,不会这么倒霉吧。

对着后视镜偷偷照了半天,拭去了两点灰尘和嘴唇上多画出来的一丝唇彩,白羊座觉得自己的脸上还是有许多缺点。这么重要的场合,居然不能做到完美,真是的!

等车开出市区,清新的风扑面而来的时候,白羊座的小烦恼早就飞到不知哪儿去了。看看风景再瞄两眼天秤座,白羊座愉快地哼起了歌。

扒着车窗向外看，树木和电线杆子飞快向后跑。白羊座忽然笑起来。她看见对面车道上一个女人领着孩子拦下了奥迪车。"怎么了，这么开心？"专心看前面的天秤座显然没看到那一幕。"没什么。"白羊座说。

39

居然有人拦车。

"别理他们。"白羊座对天秤座说。但是车还是停了下来。

一个穿着皱西装的男人领着一个七八岁的女孩靠了上来。

来城市打工的,钱被偷了,连回去的火车票都买不起,甚至连下一顿孩子的饭钱都没了。居然又是这样的说法,白羊座俯在天秤座的耳边:"别理他们,开车,肯定是骗子,今年我遇见两拨了。"

那女孩直愣愣地看着天秤座,她已经认清这两人中谁最有爱心。

天秤座递了100元过去,男人千恩万谢,还问明天秤座的地址,说回老家之后一定给寄回来。

POLO继续上路。

"叫你别给的。"白羊座嘟囔。

"我也知道多半是假的。"

"那你还给?"

"可万一是真的呢?"

"唉,你这个人,就是心太软了。"说到"心太软",白羊座的声音低了下去,如果天秤座的心不那么软的话,自己还有没有机会坐在这里呢?

好时光总是很快过去，
但我们总能记着它。

40

"真是好好好好……舒服啊！"白羊座四仰八叉躺在草地上，"叭"地翻了个身，再翻回来，鼻尖上多了一点泥土。

"没想到吧，只要开两三个小时的车，就有这样一个幽静的峡谷。"天秤座双手撑在柔软的青草上，抬头望着天上慢悠悠飘着的云。

"喂，"白羊座努力抬起头来，"你的车停在那么远的地方，没事吗？"

"这里啊，算是我一个人的秘密吧，没有游人会到这里来的，连附近的农夫都不太来呢，没问题的。硬要把车开进来的话，底盘一定会坏。"

"秘密啊。"白羊座一下子来了兴趣，把脑袋支得高高的。

"小时候，和父亲来过一次，然后，他们不在的时候，如果我心情不好，就会一个人跑到这里来。那个时候只有自行车，要骑大半天才到。"天秤座看着白羊座仰得越来越高的头，忍不住抬手"咚"地把脑袋敲了下去，"现在，又多了一个人知道这个秘密。"白羊座摸着脑袋，却没有如天秤座所料那样跳起来掐他的脖子，而是小心翼翼地问，"她，知道吗？"

天秤座扬了扬眉，目光移了开去，又转回来："不知道。"

"喂，够了，别笑得像个小傻瓜。"

"嘻嘻……"

  阳牵着林的手,他们很奢侈地在梧桐馆吃了顿晚饭,信步在学校里走着。第一个月的工钱还没拿到,所以依然很穷,但一周一次的梧桐馆之约,却不会落下。路对面,一对男女的背影让阳心里一动,是林以前的恋人。林的手一紧,又松开。阳停下,踮起脚尖,微微仰起头。林笑了,轻柔地在阳的唇上点了一下。

41

白羊座的大姨妈很给她面子，让两个人高高兴兴玩了一天，没出半点纰漏。第二天大姨妈也没有光临，第三天也没有。

不过该来的总要来，第四天一早白羊座就痛得赖在床上不想起来。不过……一个半小时后，她赖在了天秤座客厅里的沙发上不想起来。

"不舒服吗？不在家里休息，还要来？"

"嘿。"白羊座皱着眉头勉强笑了一下，"到这里来让你照顾我。"

"真的很不舒服吗，哪里不舒服，要去医院吗？"天秤座关切地问。

"唉，不用了，不要问了啦。"白羊座瓮声瓮气地说。

"我练练琴，不会吵到你吧。"

白羊座轻轻摇了摇头。

清脆地试了两下音，降 E 大调夜曲的旋律就飘进了白羊座的耳朵，白羊座慢慢地放松下来，双目微闭，嘴角弯弯淡淡笑着。

门铃突兀地响了起来。

"是你……"天秤座愣了一下。

"给你带来了好消息哦，不过，要是你不乖的话，就不告诉你。"水瓶座笑靥如花，一步就跨进了门。

今天的太阳好大啊，可惜它却照不到我。

屋子里安静极了。水瓶座和白羊座对视着,天秤座皱着眉头站在一旁。

女性的直觉和反应力在这时完美地体现了出来。两个从未见过面的女人现在都明了对方的身份,水瓶座的反应要稍慢些,不过当看到放在沙发边上的漫画杂志就再没有什么疑问了。

"那个,她是我的好朋友,今天不太舒服,休息一下。"天秤座终于开口向水瓶座解释。

"对不起,我还有点事。"白羊座忽然站起来,拎起包,穿好鞋,挺直着背脊飞快地走了出去。

太阳真大啊,身体的痛和心里的痛一起铺天盖地地卷来,白羊座只觉得耳边轰隆隆地响,终于靠着墙蹲了下去。

"原来,我只是'好朋友',原来,水瓶座来的时候,天秤座还要这样向她解释,可是,我原本以为,以为……"

昏昏沉沉间,白羊座被人搀扶起来。是天秤座。

白羊座用力地挣了挣:"别这样,被水瓶座看到,她又要吃醋了。"

"我怎么能不管你。我送你回家。"天秤座说。

要送我回家呀,原来要送我回家了。水瓶座一来,我就只有回家了吗?拜托,拜托了,千万,千万不要让眼泪掉下来啊。

飞机围着天秤座转，然后又跳到沙发上，在白羊座的脚边转来转去。可是不论它怎样努力，女主人和有着好闻味道的先生都不说话。

43

天秤座在白羊座的家里飞快地忙着,把白羊座扶到沙发上,倒了一杯牛奶,把凌乱的茶几收拾好,又处理掉飞机在它窝旁边扔下的那堆臭烘烘的东西。飞机跟着他跑出跑进。

天秤座不想让自己停下来,因为他还不知道,该怎么对白羊座说。

刚才自己在家里的表现是因为突然看见水瓶座出现有些不知所措,可是现在,那些原本一说就能把误会解释清楚的话,却怎么也说不出来。在他出来追白羊座之前,水瓶座已经告诉了他那个"好消息",他能去法国了,水瓶座始终在利用家里在欧洲的人脉帮天秤座留心着,现在那里有好几家著名的交响乐团都对他有兴趣,他甚至可以到了巴黎再慢慢选择。

一直等待的机会终于来临了,而且这个机会比他所梦想的要好一百倍,可是……天秤座不由想到了白羊座的年纪,无论如何,自己是没有资格让她等的。那么……

"好好休息……"天秤座轻轻帮白羊座盖上一条毛毯。终于把一切都打理好,该走了。

"别走。"白羊座忽然拉住他的衣服,死死地拽着。

"水瓶座还在家里等着我。"天秤座没有撒谎,水瓶座还有许多出国的事宜和到了法国需要注意的细节等着和他说。可是,低头看着抓着自己衣服的发白的手,为什么会有这样哀痛的感觉。就连和水瓶座分手的时候,都没有过。

白羊座的手松开了,她闭上眼睛,把脸转向里侧,眼泪从唇边滑过,渗入了沙发。

军列已经开动了,林从车窗里探出头,对阳大声喊:"我一定会回来的,等着我。"

44

　　天秤座一页一页翻着白羊座遗落在他那儿的漫画草稿。那一定是这两天她画的,今天带来让他看,却因为不舒服把这事忘了。她总是这样的。

　　在这一集的故事里,阳和林分开了,因为战争,林离开刚进入不久的公司,参军上前线去保卫自己的国家。没想到这么腼腆的男孩,骨子里竟也沸腾着热血。

　　天秤座看了很久很久,是白羊座的预感吗,这算不算未卜先知呢,漫画和现实里,两个人都要分离:漫画中,林一上战场,要再和阳见面,恐怕要费无数的波折,但相信白羊座一定会安上一个美好的结局;现实中呢,还能再见面吗?还会……有什么结局吗?

　　正在不由自主地想着白羊座的时候,电话铃响了。

　　只有轻轻的呼吸声,电话那头的白羊座,迟迟没有说话。

　　"你的……身体还好吗?"天秤座问。

　　"嗯,好多了。你……你和水瓶座……"

　　天秤座沉默了。要继续骗她吗,如果告诉她的话,如果她求自己留下来的话,怎么办,不,她多半会说"我等你",那样的话,自己……真的会走吗?心底里十几年的坚持……会不会就这样放弃?

　　"我……知道了。那么,就这样吧。"白羊座淡淡的声音从电话里传出,微微地颤了颤。

　　"你的草稿,掉在我这儿了。"天秤座不知道该说什么,他有些不忍心这样挂掉电话。

　　"就给你留作纪念吧,我,重新画过。"

会在梦中看见天秤座吗？还是继续着林和阳的新世界？

45

白羊座从来没有这样疯狂地画过，每天睡醒了就画，画累了就睡，以往最热爱的逛街，现在连念头都不曾闪一闪。她强迫自己去创造另一个世界，然后完全地投入到那个世界中，忘了现实世界中的一切烦恼。

读者的反响一期好过一期，第一本连载漫画书也已经出版，首印三万一销而空，出版社正赶着加印，白羊座的漫画家之路，终于踏上了正途。可是，白羊座却感受不到应该有的兴奋，她只是在家里画着，画着，画着。

她觉得自己已经快把天秤座忘了，现在她的心里，只有"林""林""林"……

为了林，阳主动去当战地记者。炮声隆隆，她终于又见到了林。每天都有人死去，可是阳却很幸福。阳成了最优秀最勇敢的战地记者，总是往最危险的地方跑，只要那里离林比较近。林要阳赶快回后方去，阳毫不犹豫地拒绝了许多次，直到父亲病危的消息传来。

阳陪着父亲度过了他最后的两个星期，料理完丧事的时候，前方传来消息，战争已经接近尾声了。阳只能坐等战争的结束，可是她的心却越来越不安。打不通林的手机，已经很久了。

战场上的人们终于回来了，有的是走回来的，有的坐在轮椅里被推了回来，还有的把军牌交给战友带回来，自己长眠在他乡。林没有回来，他被列为了失踪人士。

对不起。我想你看到这封信的时候,我已经在去巴黎的飞机上了。我和水瓶座并没有复合,那天,她只是来告诉我,我一直以来的梦想终于有了实现的可能。之所以没有告诉你,是因为考虑了很久,还是决定,让你我之间,在我离开中国之前,可以。

46

出国的日期很紧,要办的事情却很多,天秤座每一天都有很多事要忙,但心里却一直在想一个人。

要不要告诉她呢?

还是就这样瞒下去,直到自己出国?

已经伤害她了,还要瞒,也太没有良心了吧。

可是,如果告诉她的话,最终的结果,会不会伤得她更深呢,仅仅为了自己心安就这样做,却会让她付出更大的代价吧。

在去见签证官的前一刻,天秤座甚至在心底里悄悄地想:要不要进去呢,真的要进去吗?

离开中国的日子,终于就要到了。前一天的晚上,他请水瓶座吃了一顿饭,感谢她这么些年来对自己的支持和帮助。没有她的话,天秤座不可能有机会实现自己的梦想。

"对了,后来你真的没给她打过电话,决定了,不告诉她?"

天秤座默默地抿了一口红酒,没说话。

第一次,水瓶座看见这个男人脸上掠过这样复杂的神情。温柔、哀伤、思念、决绝……虽然只是一瞬,却让水瓶座的心一阵悸动。原来是这样的啊,那么,自己这么多年的角色,究竟算是什么呢?

曾经，白羊座以为，她已经把那个男人忘记了。

47

早晨七点三十分,才刚睡下去不到一个小时,白羊座就被狂按门铃的快递员吵醒了。

披头散发的白羊座皱着眉头从快递员的手里接过信,关上门立刻就扑回了床上,把信顺手扔在一边,准备继续闷头大睡。

没睡醒的人总是迟钝的,白羊座在把自己裹进薄被的时候,才想起,刚才把信扔掉前,好像看到信封上的署名是……

白羊座一下子坐起来,抓过信撕开。

是水瓶座的信。

"这个笨蛋,这个笨蛋,这个笨蛋。"虽然水瓶座除了天秤座出国的事并没有多说什么,但白羊座一下子就明白了天秤座的心思,她还从来没有这么清楚地猜到过别人的想法。

离飞机起飞,还有两个多小时。

白羊座用三分钟的时间解决了洗漱,两分钟解决穿衣和梳妆,拎起包就冲了出去。一边跑下楼一边用手机拨天秤座的手机。这是她两个月来第一次打这个电话,结果却是关机。

跳上一辆摩托驶出市区,再换了的士往机场狂飙。一定,一定要在天秤座这个家伙过安检之前逮到他!

天秤座盯着那两扇窗看了很久很久,连他自己也搞不清,是为了记住,还是为了忘记。

48

天秤座到机场的时间有点晚。因为他让出租车绕了点路，开到白羊座的楼下，把那封写了很久很久的信放进了白羊座的信箱。

天秤座抬头望着白羊座的窗户，那里似乎很安静。这个时候，她应该还在睡觉吧，说不定，睡下去没多久呢。

在望着那两扇窗户的时候，天秤座有点怕，怕白羊座的脸突然在窗口出现，可是，他又很想再看一看白羊座。

他没有去想白羊座看到那封信会有什么反应，他不敢去想。天秤座很清楚，自己在逃避。

在机场下出租车的时候，天秤座抬头看了一眼天空。天空是一样的，可是，脚下踩着的土地和身边的人，就要大不相同了。很快的，只要八个小时。

还有三刻钟飞机就要起飞了，天秤座办完登机手续，疾步赶向安检入口。

"先生，你忘了什么吧。"

有吗？天秤座一边想着一边回头。

"你忘了和我说再见。"白羊座看着愣住的天秤座，缓缓说。

有时候，想说的话很多，能说的却很少。

49

排着队的人一个接一个地过了安检，白羊座和天秤座静静地站在旁边。

"只带这么点东西出去么？"白羊座看着落在天秤座脚边的旅行包，终于打破了沉默。她原以为自己会哭的，在安检口苦等的时候，眼圈都已经红了好几回。可是竟然没有。虽然还是很伤心，但心底里已经开始平静下来。

"哦，大包的，都已经托运了。"

"我……是水瓶座告诉我的。"

"对不起……"

白羊座笑了笑。

"有一封信在你的信箱里，我刚才来之前放进去的，我以为你还在睡觉。"

"已经不需要了。"白羊座说。她把视线从天秤座的鼻梁往上移，看着他的眼睛，"你去几年？"

又一次，天秤座感觉到了那种直透到心里的炽热。不过，这次他没有移开眼睛。可是他并没有回答，因为连他自己也不知道会去几年。

"那么……还会回来吧。"

天秤座轻轻叹了口气，白羊座执着的目光直到现在还停留在自己的脸上不放弃，可是自己却只能微微垂下头去，那算是一种承诺吧，那样的承诺，自己给得起吗？

女孩眼中的神光渐渐淡下去，淡下去，淡下去……

在《梧桐馆的爱情》改编卡通片的新闻发布会上,有记者问:"这部漫画已经连载两年多了,您打算再写多长呢?""写到有情人终成眷属的时候咯。"白羊座淡淡微笑着。

50

岁月匆匆过,许多原以为永不改变的东西,也会被时间褪去了色彩。

"我会回来的。"那一天,天秤座在通过安检口的时候,忽然回过头来,大声地说。那一天,到现在,已经两年有余。

白羊座没有天秤座的消息。

那天过后不久,原来的房东就告诉白羊座,房子另有他用,只好退租。但是白羊座还有手机和EMAIL,她备了两块电池,手机从早开到晚,一天看两次电子信箱,整整半年多,她每天都这么做。

她等待着的,来自远方大陆的只言片语,却从未如愿而至。

而那个以他为蓝本的故事,却终于茁壮起来,漫画书出了一本又一本,作为业内最为人瞩目的新星,白羊座成为了她梦想中的漫画家。

有一天,白羊座忽然想到,原来自己和他,都已经圆了梦想啊。

这样想着的时候,白羊座已经换了手机号码,因为一个比较有名的人,太多人知道手机号是很麻烦的事,而且中国移动的服务和价格已经让白羊座不愉快了很久。

这样想着的时候,白羊座已经换了EMAIL地址,她现在有一个100兆的收费邮箱,足够临时存放往来的画稿和资料,原来的那个5兆免费邮箱,已经荒废许久。

这样想着的时候,耳旁一个声音忽然响起:"您要的猪软骨拉面。"热腾腾的拉面被老板端到了她的面前,淡淡的雾气迷住了眼。

那里就是海角吗,天涯和海角都在面前。林,你在哪里?

51

《梧桐馆的爱情》还在继续。

在阳伤心之际，她做了一个梦，梦见她在梧桐馆里，看见了林的背影，还没有等林转过头，梦就醒了。这个梦让阳有着异常真实的感觉，她开始相信，这是一个预兆。可是这个梧桐馆并不是她学校旁边的那一家，甚至不是这个城市里的，从装饰来看，应该是在其他国家某个城市的连锁店。

阳无法再停留在原来的城市，这里一草一木都让她想起林，她终于决定，相信梦的启示，走遍世界去寻找。她从梧桐馆那里得到了一张标明了全球总共857家梧桐馆连锁店的地图，踏上旅途。

阳走过一个个城市，在每一个梧桐馆里停留，奇迹般的，几乎在每个城市里都会有一段奇妙的感情发生，其中不乏条件比林好得多的男人，仿佛在考验她对林的爱情。两年间，她留恋过，她沉醉过，但她终究没有停下寻找的脚步。

白羊座的崇拜者们为一段又一段奇妙的爱情着迷，"林"已经渐渐成为一个神话，她们希望阳可以尽快找到他。每半个月在《动漫天下》上登一段故事，两年了，竟然还火热如初。而出到第十七卷的漫画书，也已经销出数百万册。

这个奇怪故事的灵感，有一半出自于白羊座小时候看的日本动画片《花仙子》，里面的小培为了寻找传说中的七色花，也同样走遍海角天涯。

有时候,路过从前租的房子,白羊座会停下来,看一看。那扇窗户里,已经住进了新的主人,开始了新的故事。

52

这两年间,白羊座的身边也曾有过好几个优秀的男人,但没有一个能真正走进她的心里。聚散离合,当初的心痛,已经许久没有品尝。她很明白,自己并没有忘记天秤座,而是把那一段感情埋进心里,变成珍视的回忆。

当初天秤座最后说的话,白羊座知道,那并不算是承诺,两个人之间,从他出国开始,就很难再有什么交集。只不过,天秤座一直没有消息,还是让她伤心过一阵子。

白羊座的父母都很着急,在女儿的事业和老公之间,他们明显更看重后者。可是尽管费心费力地举办了几次相亲宴,却都没有什么实质性的效果。他们不明白,女儿身边合适的人有很多,可为什么女儿却无动于衷。

白羊座也不知道为什么。她不认为自己会是那种被一段感情捆死的人,但或许是漫画看得多了变得过于浪漫,她可不愿意和一个没能打动自己的男人过一辈子。

总的来说,现在白羊座的生活,和两年以前没有太大的不同。闷在家里画漫画,无聊时去逛街,当然出手要阔绰许多。增加了一些社交活动,但这并不成为生活的重心,反倒是京都拉面馆,白羊座每个星期五的中午都会去那里吃午饭,其他的时间里,如果有空也会去。

和天秤座的第一次见面,就在星期五的中午。

当然,除了对那段感情的纪念,白羊座发现,在京都拉面馆里吃面可以带给自己许多灵感,《梧桐馆的爱情》里那一段又一段短暂的爱情,许多就是在这里想到的。

打开了尘封的时光大门,昨日种种汹涌而来。

53

"过几天,这里就要拆迁了。"京都拉面店的老板叹着气对他的老顾客说。

"拆?"白羊座惊讶地抬头看刚为她把猪软骨拉面端上来的老板。

"是啊,要造办公楼吧,真是可惜啊。"老板看着面前的女孩,两年来他为她端过无数碗面,他隐约知道,不仅仅是自己店里面的好口味留住了白羊座,这家店对于她来说,该有着不同寻常的意义吧。

白羊座慢慢地走在街上。刚才老板把新店址告诉了她,虽然离这里不太远,但是自己真的还会去吗?

或许这真的是一个预兆,预示着过去的一切,该到了完结的时候了。或许,自己该振作精神,真的去试着接受另一个男人吧。

走过音乐厅的时候,白羊座看到了一张海报。她呆在那里,看着海报上那张两年来无数次在梦中出现的脸,那双弯弯的眼睛。

作为欧洲新锐华裔钢琴家,携欧洲各大媒体的赞誉,天秤座将开始他的国内巡回钢琴独奏音乐会。

他回来了。

去年今日此门中，人面桃花相映红。
人面不知何处去，桃花依旧笑春风。

54

"你找谁？"一个满脸络腮胡的男人打开门。

"啊，请问，白羊座在吗？"

"没有这个人。可能是以前的租户吧，我刚搬进来三个月。"络腮胡的态度倒不错。

天秤座道了声谢，怅然返身走下楼梯。

原来……真的已经搬走了。尽管之前打过电话来，但天秤座还是忍不住从排得满满的日程表中挤出两小时亲自来看一看。原来，真的搬走了。

手机号已不存在，E-MAIL 被退信，那么，现在已经没有任何途径可以联系到白羊座了。

当初，给了自己半年的时间，强忍住给白羊座打电话的冲动。天秤座要好好地想一想，让自己的心沉淀下来，一直以来都是白羊座主动进攻，自己的心思怎样，竟然连自己也不知道。天秤座没有忘记在机场时说的那句话，他要慎重地对待这段感情。

半年过去，对白羊座的思念丝毫没有减弱，终于可以确定自己的心意，下定决心去面对的时候，竟然再也无法联络到她了。

从白昼，到黑夜，再到白昼。天秤座发了疯似的练琴，一层层的创可贴终于缠满了每个手指。三个月，他竟弹坏了一架钢琴。原先轻灵的风格一变而成酷烈。等到半年之后，天秤座的心情逐渐平复，风格又逐渐缓和下来时，弹出来的曲子，特别是那首肖邦的降 E 大调夜曲，仿佛比从前多了些难以言喻的东西。是传说中的曲之魂吗？天秤座不知道，但从那以后，他就开始获奖，开始出名，开始受到乐评人的吹捧，媒体的追逐。

可是天秤座却品尝不到成功后应有的喜悦。那种荡漾在心中的真正喜悦，只有在弹奏降 E 大调夜曲时，才会偶尔浮现在他的脸上。

天秤座没想到会有这么多,沉甸甸的分量压在手里,让他感到很踏实。仿佛心里又有了一个可以着陆的地方。

55

"不好意思,停在这里就可以了。"还没开回宾馆,天秤座就突然让司机停下。付清车费,天秤座急急往回走。他的目标是刚才偶然看见的一间租书屋。

《动漫天下》,对,就是这本杂志。天秤座翻开了最新一期,他找到了《梧桐馆的爱情》,已经是第五十七集了。"她真的已经是漫画家了,竟然连载到五十七集,一定很受欢迎吧。"这样想着,天秤座很快地翻到了杂志的最后一页。没错,那里有杂志社的电话。杂志社的编辑一定知道白羊座的联系方式。天秤座很少像现在这样急躁,他的心通通地跳动着,摸出手机拨出号码。

没人接听。是下午,还没到下班时间呢,为什么没人接?天秤座的眉头紧紧地皱了起来,他终于想起,今天是周六。

周六,他的演奏会今晚一场,明晚一场,后天清晨,他就得飞到北京去开下一场的巡回音乐会。

那就到北京再打吧,这个电话,一定要把它打通。

"老板,最近两年半的《动漫天下》,我都要买。"是什么样的故事能把读者的胃口吊到现在?久违的情感在胸口涌动,有些酸,有些涩,有些甜。

"这里是租书屋,要买的话,得是原价喔!"

"没问题!"

我回来了，可是你在哪里？

56

"今天和明天的两场钢琴独奏音乐会,是我献给一位朋友的,我想对她说,我回来了。"天秤座微微朝台下鞠了个躬。尽管坐得满满的听众们不知道这位年轻的音乐家到底在说什么,还是热烈地鼓起掌来。

天秤座看着观众席。如果她看见海报的话,该来的吧,听说前期的宣传攻势做得很好,如果来的话,该做在前面的几排吧。可是没有。如果是原来的那个她,听到我刚才说的话,一定会站起来的吧。可是也没有。

下面坐着的人实在是太多了,天秤座没办法再多看几眼,在心里轻叹着,转身走到钢琴前。一个小女孩跑上台,把一捧鲜花送给他,天秤座微笑着接过,轻吻了女孩的额头,把花放在钢琴旁,坐了下来。

钢琴声在整个音乐厅里弥散开,沁润到每个人的心里。让欧洲人惊叹的技巧和琴声中的魂灵,让所有的听众都无法注意到时间的流逝。

两个小时的音乐会不知不觉就走到了尾声,在弹最后一支曲子之前,天秤座深深吸了口气,双眼微闭,调整着自己的状态和情绪。

台下没有一丁点声音,每个人都在静静地屏息等待最后的压轴曲——肖邦降E大调夜曲。

两年过去了。现在，白羊座已经知道，这就是最圆满的结局。

57

白羊座没有想到这场音乐会的票居然这样抢手。等到她前一天去音乐厅买票，已经一张也没有了。所以她只能在开场前到门口等票贩子的黄牛票。

这家伙，还真红了啊。白羊座在心里想着，她没料到会等这么长的时间，早知道该多披件风衣的，早春的寒气已经从毛衣的细缝里透进来了。

已经开场半小时，白羊座终于等到了一张票，居然还是原价。票贩子对她说，如果在开场前，得是三倍的价。

白羊座猫着腰走到位子上。位子是靠后的，她看不清天秤座的脸，但能再次听见他的音乐，白羊座已经很满足。

降 E 大调夜曲响起的时候，白羊座的眼泪流了下来。原来，他还是记得我。白羊座没有强忍住不哭，她让咸咸的液体尽情地从嘴角边滑过，没有什么能比现在这样更好地纪念当年的那段感情。

曲终，所有人站起来鼓掌，整整十分钟。

白羊座随着人流涌出了音乐厅，脸上泪痕犹在，心结却已经解开。

他还是记得我的，这就足够了。相信，他没有联系我，一定有他的苦衷。

就这样结束吧，算是一个圆满的结局呢，不是吗？白羊座对自己说。

当你想开始的时候,其实已经结束;当你想结束的时候,却又重新开始。世上的事,能遂人心意的十中无一。就像现在,面又糊了。

58

"你的气色不错呢。"老板对白羊座说。

"嗯,昨天晚上去听了一场很棒的音乐会。现在我浑身轻松呢。"

"哦?就是那个从法国回来的钢琴天才吗,真的有这么好啊。"

"看不出老板你连这个都知道啊。"

"那是,虽然我是拉面专家,但也不代表我在其他方面一窍不通吧。"老板笑着,随即又耷拉下脸,"明天这里就要拆了,今天是最后一天营业,原本我还以为你这个老顾客会有些伤心的呢。"

"所以我今天中午不是过来吃饭了吗,虽然是个很值得纪念的日子,也不用哭丧着脸吧。你又不是不开店了,放心吧,有空我会来你新店吃猪软骨拉面的。"白羊座笑着说。

老板仔细地端详了一下白羊座,他觉得这个女孩今天有些不一样。

"喂,再不吃的话,面就要糊了啊。"

"知道了。"白羊座顺口回答,却突然发现声音并不是面前老板发出的。她向右边看去,一个穿着长风衣的人在对她笑。他的领口高高的遮到鼻子,绒线帽子盖住了眉毛,只有一双眼睛一闪一闪。

一双弯弯的眼睛。

《梧桐馆的爱情》最后一期：林之归来。

59

"你怎么会在这里?"白羊座愣愣地看了天秤座好久,大脑一片空白。

"昨天我买了全套的《梧桐馆的爱情》,看到那个总去梧桐馆的阳,我就猜你常来这里。"天秤座看着白羊座,他从来没有这样紧盯着白羊座不放,他的眼神里包含了太多的东西。

"你总是猜得到,什么都猜得到……"白羊座喃喃地说。她紧抿着嘴唇,突然大声地说:"你这个家伙,我原来都已经把心情调整好了,我还想今天是一个新的开始,我要去找新的帅哥了,现在你叫我怎么办,怎么办?"

天秤座笑着,他只是笑,不说话。因为他已经握着白羊座火热的手,紧紧地握住,再不会松开。

图书在版编目（CIP）数据

星座爱人 / 那多著. -- 上海：上海文艺出版社,2020
ISBN 978-7-5321-7613-7

Ⅰ.①星… Ⅱ.①那… Ⅲ.①故事－作品集－中国－当代 Ⅳ.①I247.81

中国版本图书馆CIP数据核字(2020)第137198号

发 行 人：毕　胜
策　　划：李伟长
责任编辑：李　霞　王丹姝
封面设计：钱　祯
内文版式：兰伟琴

书　　名：星座爱人
作　　者：那　多
出　　版：上海世纪出版集团　上海文艺出版社
地　　址：上海市绍兴路7号　200020
发　　行：上海文艺出版社发行中心
　　　　　上海市绍兴路50号　200020　www.ewen.co
印　　刷：苏州市越洋印刷有限公司
开　　本：889×1194　1/32
印　　张：8
字　　数：100,000
印　　次：2020年8月第1版　2020年8月第1次印刷
Ｉ　Ｓ　Ｂ　Ｎ：978-7-5321-7613-7/I.6058
定　　价：86.00元
告　读　者：如发现本书有质量问题请与印刷厂质量科联系　T:0512-68180628